Mourir au monde

Claire Conruyt

Mourir au monde

roman

PLON
www.plon.fr

92, avenue de France
75013 Paris
Tél. : 01 44 16 09 00
Fax : 01 44 16 09 01
www.plon.fr
www.lisez.com

Mise en pages : PCA
Dépôt légal : août 2021
ISBN : 978-2-259-30636-2

À mes parents
À Alice

« Un homme peut être poussé par mille sentiments au fond d'une abbaye, il s'y jette comme dans un précipice ; mais la femme n'y vient jamais qu'entraînée par un seul sentiment : elle ne s'y dénature pas, elle épouse Dieu. »

Balzac, *La Duchesse de Langeais*

Sœur Anne se roule dans les draps, souffle sous cette tente improvisée. De l'air. De l'air chaud. Il faut remplir, s'entendre respirer. Remplir la nuit. Elle perçoit le sifflement lointain d'un train.

Quelque chose hurle. Une plainte.

Le train entre en gare. Elle entend « au revoir ». Sur le quai, elle est seule, sa petite valise à la main. Elle est jeune. Elle est belle. Elle sera religieuse. Les wagons défilent, passent sans que le moindre regard se pose sur elle. La gare est grise. Sœur Anne avance, sourire aux lèvres, parfaitement convaincue. Sa vie commence.

Le sifflement du train est loin. Vingt ans plus tard, il résonne encore. Il revient quand elle se souvient de la jeune femme sur le quai. Son double, celle d'avant. Elle s'avance et veut lui prendre le bras. Mais ses mouvements sont trop lents, elle est lourde, sa marche est molle, elle s'enfonce dans l'asphalte. Le bitume noir est devenu souple, élastique. Son corps est englouti, la chaleur du goudron fondu atteint ses genoux, sa taille, son buste, son cou. Seule sa tête dépasse. Le train siffle. Les wagons défilent. Et elle crie à la jeune femme sur le quai. Que lui crie-t-elle ? Elle ne sait pas. Elle la prévient mais la jeune femme ne l'entend pas. Tous les soirs depuis vingt ans, ce rêve étrange vient hanter la religieuse.

*

Sœur Anne brosse ses cheveux blonds, les recouvre d'une guimpe à laquelle est épinglé un voile noir qui ceint son visage. Elle exécute ces gestes avec précaution et revêt l'habit de l'épouse du Christ : une robe, noire elle aussi, jusqu'aux chevilles couvertes d'un collant ; un col blanc, strict ; une cape qui drape ses épaules. Elle lace ses chaussures qui, à force d'être cirées, pèlent légèrement sur les côtés.

Sa chambre est modeste. Un tabouret rangé sous le bureau qui craque quand elle s'y accoude. Une armoire. Une table de nuit sur laquelle reposent un bréviaire et une bible. Un lit fait au carré. La cloche sonne la fin de l'été et le réveil du pensionnat qui attend ses élèves. Si la religieuse tend l'oreille, elle peut percevoir le bruit métallique des marmites sorties par les sœurs à la cuisine. Les tiroirs qui s'ouvrent, les couverts qui claquent, les verres qui rutilent tandis que le soleil s'allonge nonchalamment sur les étagères de la pièce au carrelage blanc. Le crépitement du tuyau d'arrosage. Le battement d'ailes des colombes qui perdent leurs plumes. Plus loin, de l'autre côté du jardin et de la cour, les salles de classe que l'on visite une dernière fois. Les chaises que l'on tire, les livres que l'on range, les stores que l'on ouvre. La cloche de la chapelle, endormie depuis deux mois, sonne toujours. Celle qu'on appelle

Petite Sœur Jean positionne consciencieusement les fleurs du bouquet décorant l'autel. D'un côté, les bancs où s'assoient les religieuses. De l'autre, à l'exact opposé et face au prêtre qui leur tourne le dos, ceux de l'assemblée.

Le couvent bourdonne mais la religieuse est immobile. Le visage à quelques centimètres de la porte. Une main sur la poignée, l'autre sur son ventre. Une douleur étrange fait son chemin. Elle ferme les yeux. Elle sent le battement régulier de son cœur. Une chaleur angoissante lui tord les tripes.

« Sœur Anne ?

– J'arrive, ma Mère. »

Elle se redresse, fourre sa main dans sa poche, coffre la douleur tout au fond où dorment un chapelet et la fleur qu'elle a cueillie plus tôt.

Le cloître est, en apparence, habité par des âmes simples et douces. Leur marche est régulière. Leur sourire, si on le croise, identique. Ce matin, Sœur Anne est accueillie par des regards circonspects. Les yeux rivés sur les dalles de pierre, évitant de croiser les démarcations comme le font les enfants, elle progresse jusqu'au portail où sont reçues les élèves. Mère supérieure lui emboîte le pas.

« La chambre de notre nouvelle postulante est prête. Vous lui montrerez ? »

Sœur Anne aperçoit au loin trois cars blancs, fatigués et bruyants.

« Oui, ma Mère. »

*

Le bureau est gris de poussière. Un seul mouvement aurait pu créer un tourbillon de petites particules translucides. Infime catastrophe provoquée par les courants d'air que laissent passer la fenêtre et ses vitres mal fixées. Sœur Anne s'imagine minuscule, emportée par la brise, soufflée à travers la pièce, toute petite et diminuant encore et encore. Repoussée jusqu'à la bibliothèque où dorment des livres qui attendent d'être ouverts. Écrasée entre deux pages. Pas plus grande qu'un « a », pas plus longue qu'un « t ». Si elle pouvait être une lettre, laquelle choisirait-elle ? Pourrait-elle l'inventer ? Son empreinte serait sans doute bizarre, absente de tout alphabet.

« Sœur Anne ? Vous comprenez ce que je vous dis ? »

Mère supérieure s'était penchée sur son bureau, les paumes aplaties sur le bois, les lèvres pincées.

« La communauté n'a pas accueilli de postulante depuis bientôt dix ans. Jeanne est une jeune femme dont je vous confie la charge. Elle arrive dans deux mois. Elle a vingt ans. »

Les yeux transparents de Sœur Anne avaient trahi une forme d'inquiétude.

« Ma Mère, êtes-vous sûre de vouloir me confier cette tâche ? Je viens tout juste de revenir. »

Ses doigts entortillés, ses mains veineuses et blanches. Son corps droit, gracieux et froid. Sœur Anne est d'une étrange beauté. Les joues creuses et la mâchoire saillante, son visage promet une humble pauvreté. Elle est tristement belle. Les contraires s'épousent chez elle. Elle est fragile et résistante, craintive et brave, résignée et insoumise. Des imprévisibles alliances qui la rendent mystérieuse. Des luttes souterraines qui l'empêchent de s'éteindre tout à fait. Depuis l'« incident », Mère supérieure la surveille de près. Attendrie par sa faiblesse, agacée par ses pulsions, elle chérit la religieuse dont on retient les « yeux bleus et tristes ». « Elle a toutes les gouttes de l'océan dans son regard », répétait le Père Martin, directeur spirituel de la communauté.

Mère supérieure aimait Sœur Anne plus qu'aucune autre de ses religieuses. De cinq ans son aînée, elle avait adopté l'habit maternel pour la consoler et la guider. Cela ne l'empêchait jamais d'être sévère. « Ma Sœur, vous êtes en âge de vous occuper de celles qui entrent dans la vie conventuelle. Que vous ayez peur est naturel. Le contraire m'aurait d'ailleurs embarrassée. Jeanne a besoin de vous. »

*

Un bourgeon échoue sur le gravier, près de sa chaussure. La religieuse se penche, agrippe la tige du bout de ses doigts fragiles. Elle ne résiste pas aux détails. Ces petits imprévus qui bousculent l'apparente régularité du couvent. Elle les perçoit comme des signes à relever, un clin d'œil du ciel. Des petits riens qui l'obligent à tenir. La tige entre son index et son pouce est si fine qu'elle la sent à peine. L'arbuste duquel elle s'est détachée est éclatant. Ses feuilles plus vertes et ses fleurs plus roses. Sœur Anne observe les extrémités afin de trouver la fêlure laissée par ce bourgeon fatigué. Le feuillage camoufle la rupture. Elle dépose le bourgeon dans le pot, au pied du tronc, où sort une épaisse racine.

La brève oisiveté de Sœur Anne n'alerte aucune des religieuses regroupées sous le portail, prêtes à accueillir les élèves. Elles ont l'habitude. La rêveuse rejoint le rang après avoir ébouriffé sa robe à laquelle sont accrochées quelques brindilles. Sœur Anne se racle nerveusement la gorge. Indifférentes, les religieuses maintiennent le silence. Sœur Anne a maigri. Sa silhouette longiligne et délicate lui donne l'air d'un grand enfant. Les épaules légèrement arquées et le cou rentré. Parfois, des petits coups de tête sur la gauche. Des sursauts. Elle est une ombre légère. Un frisson qui s'égare.

Sœur Marie-Paul s'approche et lui tire la manche.

« Vous enseignez cette année, ma Sœur ? »

La petite religieuse de soixante-dix ans, les yeux rieurs, la toise.

« Non, ma Sœur. Pas cette année », articule Sœur Anne. Au bout de l'allée, les cars sont à l'arrêt. Une soixantaine de filles et de bagages apparaissent. Le bruit de leurs voix muées de jeunes femmes lui parvient. Le bruit des retrouvailles. Un chaos duquel s'exclut instinctivement Sœur Anne. La sonnerie des portables perturbe le silence du couvent. Elle recule, s'appuie contre le portail. Elle reconnaît certains visages, sourit au souvenir des quelques confidences et punitions distribuées. La mémoire lui revient. Il y a eu un « autrefois ».

« Bonjour, Sœur Anne ! »

Une petite rousse.

« Bonjour, Camille. »

Elle l'embrasse sur le haut de la tête.

« Vous avez poussé. »

Elle apparaît dans la plus grande discrétion, comme si personne ne l'attendait. Une petite valise grise portée à bout de bras. Ses yeux vifs trahissent une forme d'espièglerie.

« Jeanne, bienvenue. »

Mère supérieure se précipite.

« Bonjour, ma Mère. »

La jeune femme s'avance timidement, impressionnée par les lieux.

« J'avais oublié à quel point c'était beau, ici », elle sourit.

Une à une, les religieuses s'avancent et lui embrassent la joue. Les « bienvenue » fusent. Jeanne réveille les endormies. Elle est une nouveauté. Sœur Anne attend son tour. La venue de cette postulante a été au centre de toutes les conversations cet été. L'annonce avait été faite dans la salle récréative, après le journal télévisé de 20 heures. Les religieuses n'y avaient pas cru. Certaines avaient ri de joie, d'autres avaient fait une grimace. Mais le couvent était sauf. Dans un coin, Sœur Anne, revenue depuis quelques semaines, avait accueilli la nouvelle froidement. « Vingt ans, Seigneur. Elle a vingt ans. »

Les présentations sont brèves.

« Jeanne, voici Sœur Anne, la maîtresse des novices. C'est avec elle que vous vivrez votre entrée dans la vie religieuse. »

Sœur Anne lui tend la main.

« Bonjour, Jeanne. »

Elles se dévisagent. Il flotte un parfum étrange. L'ingénuité bute contre l'épaisseur d'une vie. Sœur Anne, si docile, éprouve la candeur naturelle de celle qu'elle était autrefois. Des yeux clairs, des perles. La jeune femme, hésitante, avance timidement. Les joues pleines et roses, les cheveux épais. Le teint laiteux, absolument vivant. Petite de taille, les hanches marquées, Jeanne vient de quitter l'adolescence.

« Nous allons d'abord déposer vos affaires. »

Elles longent le cloître, dans le silence de la fontaine. La régularité de son flot impose une tranquillité presque irréelle. Sœur Anne la devance, rapide. Émerveillée, Jeanne tourne sur elle-même, virevolte, s'arrête à chaque arche, contemple chaque fleur. Le tableau de sa nouvelle vie là, devant elle. Et la religieuse qui refuse de lui accorder cette découverte :

« Jeanne, essayez de me suivre. »

De l'autre côté du jardin, une maisonnette blanche.

« Votre chambre est à l'intérieur. »

La porte craque, la poignée coince.

« Il faut forcer un peu... »

Elles gravissent un escalier en colimaçon, traversent un couloir étroit et pénètrent dans une petite pièce peu fournie. Un lit, une armoire, une table de chevet, un lavabo.

« Vous vous douchez en bas, le soir après le dernier office. »

La postulante dépose sa valise. Sœur Anne contemple un souvenir.

La religieuse avait, elle aussi, dormi ici. Le même matelas, les mêmes meubles. La lucarne, au-dessus du lavabo, remplaçant un ancien miroir. Le reflet est interdit. La religieuse est sa communauté. Il faut se regarder disparaître. Jeanne l'apprendrait. Attendrait-elle, elle aussi, que quelque chose se passe ? Observerait-elle, la nuit tombée, les ombres du jardin ? Devant la religieuse, la jeune fille explore les recoins d'une minuscule chambre que des dizaines ont habitée. La pièce a une épaisseur. Elle a une voix. Cette chambre serait brutale, elle serait protectrice. L'habiter coûterait quelque chose. Le prix varie, le sort de chacune oscille. Le matin, la chambre accueillerait la chaleur d'un nouveau jour. Jeanne connaîtrait le crépuscule. La religieuse se souvient du sien.

*

La prière naît à l'aube. Les flèches des premières lueurs strient le jardin encore plongé dans un bleu pâle. Comme si la nuit avait déteint sur le jour. Les colombes tendent le cou jusque-là plongé dans un col de plumes épaisses. Bréviaires en mains, les religieuses gagnent silencieusement la chapelle. Au sol, la pierre est encore humide. L'appel du coucou gris, si familier. C'est lui qui a réveillé Jeanne. Il lui rappelle celui de son enfance.

Elle sourit, attendrie par le souvenir de sa chambre de petite fille. Du sifflement de la théière et de l'odeur de pain grillé. Il faudrait se détacher de l'avant. Apprendre à l'éteindre sans l'oublier. Ne pas raviver le feu et se contenter de la chaleur des cendres. Dans son armoire, une robe grise à manches longues. Une fois habillée, elle quitte sa chambre avec la discrétion des invités qui se lèvent en terre inconnue. Les autres pièces sont vides, les religieuses sont déjà parties. Au pied de la maisonnette, Sœur Anne l'attend et l'accueille avec un sourire courtois.

« On y va ? »

La chapelle est une ombre géante, transpercée par endroits de petites lumières. Les bougies dansent mollement. La communauté est au complet. Au premier rang se trouvent Jeanne et Sœur Anne. L'office des Laudes peut commencer.

« Seigneur, ouvre mes lèvres, entonne une religieuse.

– Et ma bouche annoncera ta louange », répondent les autres.

Le bruit des pages fines rythme la prière. Les chants l'animent. La voix individuelle s'efface. Le timbre est entier, féminin et sombre. Submergée par la beauté singulière de cette union, Jeanne se tait. Parce qu'elle est appliquée, elle suit l'office, lit les psaumes du jour dans sa tête, et récite le cantique de Zacharie avec soin.

Muette et sereine, certaine de sa raison d'être. Le regard rivé sur l'imposant crucifix. Ses yeux dans ceux du Christ.

Sœur Anne a baissé les siens, observant du coin de l'œil sa postulante. Troublée par la vigueur de Jeanne, triomphante au milieu de nulle part, à l'ombre du monde. La religieuse reconnaît ce que sa jeune postulante ressent. Le frisson de la foi. Un amour inconditionnel qu'elle se reproche de n'avoir su choyer.

La veille, elle avait été troublée par la candeur de Jeanne. Aujourd'hui, elle en a peur. Cette jeune fille qui se tient à sa gauche l'oblige à avouer une crainte qu'il vaut mieux taire. Car c'est dans le silence que la religieuse se protège. Sa souffrance est son seul secret. Les mois passés dans un mutisme volontaire lui avaient offert une certaine liberté. Affranchie de la communauté – jamais elle ne s'était permis d'ignorer la charte officielle –, elle avait obtenu une forme de répit.

Quand les sœurs se réunissent le soir à 19 h 30 pour l'heure récréative, elle s'assied sur un muret, sous le seul cerisier du jardin. Là, elle dessine les souvenirs d'autrefois et ferme les yeux quand ils deviennent trop vrais. Elle fredonne des mélodies inconnues, qu'elle oublie une fois tues. Qu'importe, c'est un abri assez profond pour recevoir des milliers de chants. Elle s'entend, se réhabitue au son de sa voix qu'elle a étouffée. Elle aime toucher ses bras et ses mains, elle aime suivre la trace des lignes qui parcourent sa paume, le pli de ses phalanges, jusqu'au bout de ses doigts. Elle tourne l'alliance qui orne son annulaire droit et caresse le dernier éclat du soleil qui s'y reflète. Une étincelle jaillit alors. « Un peu de lumière », se dit-elle. Si elle se sait assez seule, elle sort un carnet de sa poche. Quelques mots lui suffisent. « Flaque », « brise », « pelouse », « coquillage ». Des bribes de pensées qui n'ont pas de sens, des idées attrapées en plein vol. Pour elle, c'est la preuve de son existence. Elle ne disparaît pas.

*

« C'est un voyage à deux. N'allez pas croire que le chemin que vous emprunterez ne vous transformera pas », l'avait prévenue Mère supérieure.

L'accueil d'une postulante est une tâche délicate. Sœur Anne serait touchée, presque envoûtée par une naïveté semblable à celle des convertis. Sa postulante exulterait, transie par une confiance à la fois admirable et préoccupante. Il faudrait éduquer la jeunesse d'une vocation, en garder la simplicité et l'ajuster aux règles de la communauté. Jeanne allait devenir membre d'une nouvelle famille. Naturellement, il faudrait lui apprendre à s'effacer.

La religieuse devrait à son tour apprendre à connaître sa postulante. Déplier les recoins qu'elle veut secrets, reconnaître ses faiblesses et comprendre ses doutes. Car elle en aurait.

« Pas au début, avait précisé Mère supérieure. Mais tôt ou tard. »

Il n'y avait pas de plan particulier à suivre, ni vraiment de guide officiel auquel se référer.

L'accompagnement d'une postulante serait une sorte de grossesse solitaire. On confie un enfant à un adulte.

« Jeanne vous verra comme une seconde mère. C'est un acte de confiance qu'il faut à la fois honorer et tempérer. Un lien affectueux se créera. Il n'est en rien mauvais ! Mais il faudra veiller à le dompter. »

Leur union serait fragile. Elle oscillerait sans cesse entre ce qui est tolérable et ce qui ne l'est pas.

« Sa colère rejaillira peut-être sur vous. Elle vous accusera de choses dont vous n'êtes pas responsable. Il faudra y voir l'expression d'une douleur qui ne vous est pas destinée. Il faudra alors la consoler. Puis, se remettre en route. »

En chemin, peut-être que l'enfant essayerait de s'arracher aux bras de sa mère.

« Elle vous reprochera, en quelque sorte, de l'avoir mise au monde. Si cela arrive, vous en souffrirez car, bien sûr, vous ne souhaitez que son bonheur. »

Il y aurait des moments de grande joie et de sombres intervalles. Il faudrait forcer la création d'un équilibre.

« Un jour, vous la trouverez rayonnante. Le lendemain, mélancolique. »

Ainsi Mère supérieure espérait-elle en la solidité de Sœur Anne.

« Dans l'idéal, vous êtes son phare, vous êtes son roc, vous êtes celle sur laquelle elle peut se reposer quand tout va mal. »

On ne demande pas à la maîtresse des novices d'être parfaite.

« Vos défauts lui feront comprendre que nous sommes humaines et que nous nous trompons. Si vous avez assez d'humilité pour le reconnaître, elle vous fera confiance. Vous deviendrez une confidente. »

Sœur Anne avait passé l'été à étudier les conseils de Mère supérieure. Cet amas d'impératifs avait interrompu ses nuits. Le vide du plafond l'avait scrutée. Le dos contre le matelas, elle avait eu l'impression de s'enfoncer. Son cœur avait frappé. La présence de Jeanne l'empêcherait de s'en tenir au plan qu'elle avait secrètement organisé. Qu'elle le veuille ou non, Jeanne la forcerait à réintégrer la communauté. Elle qui aurait voulu se faire toute petite.

*

Petits, on disait des enfants Séverin qu'ils étaient inséparables. Axelle et Jean, les « vrais faux jumeaux », plaisantait le voisinage. L'aînée veillait à garder les cheveux assez courts afin de se faire passer pour son petit frère qui, lui, empruntait régulièrement les chemises de sa grande sœur. L'un était l'ombre de l'autre. On ne savait plus très bien qui prenait exemple sur qui. Axelle et Jean avaient la même élégance, habituellement absente chez les enfants. Ils étaient gracieux, doux et mesurés. À maintes reprises, ils avaient décliné l'invitation des autres enfants du village à les rejoindre sur le terrain vague. Ils préféraient leur jardin que leur imagination avait transformé en pays fabuleux dont ils étaient rois.

Jean, toutefois, était plus vivant. Il préférait courir que marcher ; rire que sourire ; dormir que rêvasser. Tout ce que sa sœur faisait, il l'imitait mais avec plus de conviction. Naturellement enclin au bonheur, il n'éprouvait aucun mal à se contenter du paisible train de leur vie de campagne. Pour lui, la joie était intarissable. Tout lui plaisait. Leur mère s'en réjouissait : « Il n'aura pas de mal à être heureux. »

Axelle était elle aussi une enfant joviale. Elle était curieuse, légèrement inquiète, effrayée par l'absence de réponses aux questions qui trottaient dans sa tête. Elle avait accepté la part d'ombre du monde et se contentait d'en adorer le mystère. Cette heureuse résignation avait apporté son lot d'inquiétudes. Axelle connaissait l'angoisse. Elle avait fini par ériger une barrière invisible entre elle et l'autre. À l'école, elle se mettait au premier rang pour oublier qu'elle faisait partie d'une classe. Lorsqu'elle était interrogée, elle imaginait son corps se réduire, devenir minuscule, assez pour se faufiler jusqu'au fond de sa petite chaussure. « C'est bizarre comme idée, lui avait signalé son frère. – Quoi, tu ne veux pas disparaître parfois ? », avait-elle rétorqué. Jean avait secoué la tête. « Non. »

Un jour, tous les élèves de primaire avaient été rassemblés sous le préau. L'école recevait une religieuse. La petite Axelle l'avait observée sans ciller. Une heure passée à détailler son habit et son expression. La jeune femme venait faire cours de catéchisme. La plupart des enfants bâillaient, chahutaient, se jetaient des crayons ou des cartouches. Axelle, comme à son habitude, s'était isolée et avait effacé le monde tout autour. Elle avait compris. À la fin de la leçon, elle s'était approchée de la religieuse et lui avait posé une question que personne n'avait entendue. Son frère n'était pas loin. Il l'attendait. Elles avaient parlé quelques minutes. Il avait essayé d'écouter mais le brouhaha avait étouffé leur discussion. Sur le chemin du retour, elle avait simplement dit : « Un jour, je serai religieuse. » Ainsi naquit Sœur Anne.

*

Jeanne rayonne. Sœur Anne lui a donné rendez-vous sous le portail. Sautillante, rebelle, elle s'approche de la religieuse. Sa vitalité est écrasante. Par précaution, Sœur Anne fait un pas en arrière et croise les bras. Frappée par le rouge de ses joues rondes, elle la scrute de la même manière qu'un chercheur observe une espèce nouvelle. La peau de Jeanne a de nombreuses teintes. Une chair constellée de centaines de taches de rousseur. Sa gorge est assez nue pour y laisser voir une veine palpiter. Elle a une odeur à elle. Son corps n'obéit à aucune chorégraphie. Ses gestes lui appartiennent, ils sont maladroits.

« J'ai pensé qu'une promenade serait agréable, propose Sœur Anne.

– Avec grand plaisir ! »

Il faut contourner le lac et emprunter un chemin de gravier pour atteindre la lisière du bois. Quelques barques tanguent, les branches grincent et l'eau dort. De temps à autre, une onde parcourt sa surface lisse, troublant le reflet du ciel. Le temps est celui d'un mois de septembre. Le gris de l'hiver n'est plus très loin, quelques rayons rappellent encore l'été passé. Timidement, Jeanne suit la religieuse, l'épie du coin de l'œil. Sœur Anne fixe le sol, les lèvres pincées. Un tic interrompt l'inertie de son visage. Un léger sursaut. Un geste incontrôlé contre lequel elle lutte en décroisant les bras pour ajuster son voile. Ses traits sont inhabituels, les rides sont presque invisibles, ce qui la rend à la fois ravissante et bizarre. La religieuse n'a pas de visage. Elle n'est ni calme, ni inquiète. Le monde n'a pas façonné ses traits, l'extérieur ne l'a pas touchée.

Les cheveux de Jeanne flottent au vent et la religieuse pense aux siens, si fins. Leur exposition au soleil se limite à quelques minutes le matin lorsque le jour gagne la pièce. Puisqu'ils étaient devenus si fragiles, elle avait préféré les couper juste au-dessus de l'oreille. Troublée par le mutisme de Sœur Anne, Jeanne se contente de la suivre. Suspendue à ses lèvres, guettant le moindre mouvement. Mais la religieuse s'obstine. Habituée aux promenades silencieuses, elle savoure cet instant aux côtés de sa postulante. L'inconnue la rassure. Jeanne ne connaît ni le couvent, ni son histoire. Elle ne sait rien.

Au bout du chemin, une route de béton.

« Si vous allez à droite et que vous marchez une heure, vous arriverez à la commune la plus proche. Si vous allez à gauche, vous atteindrez un rond-point à trois voies. La première vous mène à la nationale. La deuxième à un hameau, et la troisième à une petite ville et sa gare. »

La religieuse est ferme, car Jeanne doit comprendre : elle a accepté de s'isoler. Le couvent n'est pas un lieu comme un autre, il est un monde en soi. Au centre de rien, puisque ce qu'il y a autour n'existe plus. En cela, il n'est ni une prison, ni un refuge. Il échappe au nom.

« Qu'y a-t-il, selon vous, à l'origine de la consécration à la vie religieuse ? poursuit Sœur Anne.

Jeanne, consciente que sa réponse ne suffirait pas, se tait.

« À l'origine, il y a un appel, Jeanne. Une rencontre avec le Christ. Les plus imaginatifs aiment à penser que cette rencontre se voit. Que Jésus apparaît là, devant nos yeux, et nous demande de lui offrir notre vie. Évidemment, cette rencontre est généralement bien plus discrète. »

L'appel, enseigne la religieuse, est unique, façonné selon le cœur de celle qui le reçoit. La diversité des témoignages apportés par les sœurs le montre. Certaines sont nées avec la certitude de leur vocation, d'autres l'ont éprouvée plus tard. Pour les unes, l'appel naît dans la douleur ; pour les autres, dans la joie. Rien n'explique la raison de cette invitation, sinon l'amour.

« L'appel est une voix dans la nuit intérieure de chacun, poursuit la religieuse. Il ne se prouve pas. Il existe, c'est tout. »

La religieuse, enfin, regarde sa postulante. La jeune fille baisse les yeux. Le froncement de ses sourcils trahit une forme d'inquiétude.

« C'est tout ? demande Jeanne.

– Cela vous fait peur ?

– Un peu. C'est éblouissant. J'ai entendu cet appel, ma Sœur. Et si, un jour, je ne l'entendais plus ? Que faudra-t-il que je fasse pour y être fidèle alors que je ne m'en souviens plus ? »

Le jour a maintenant gagné les champs. Au loin, le bruit des voitures qui passent. L'extérieur parle mais elles n'entendent rien. Il n'y a que cette question qui persiste.

« Vous répondez à un appel en vous oubliant, Jeanne. Si vous dites *oui* au Christ, vous ne vous appartenez plus. Vous perdez votre vie. Ce n'est pas un sacrifice dont vous devez vous enorgueillir. C'est une promesse. »

Il n'y a pas de gloire à en tirer. La vie religieuse sonne une fin.

« C'est mourir au monde. »

Il y a ensuite une renaissance.

« Vous vivrez, mue par un amour rédempteur. Vous accepterez d'être détruite en vue d'être créée à nouveau. »

Jeanne a le visage tranquille, le sourire aux lèvres.

« Je comprends, ma Sœur. »

Sa voix est pleine d'assurance.

« Je n'ai pas peur. »

La religieuse regarde cette jolie inconnue, attendrie. La postulante a une innocence qu'elle avait oubliée. Jeanne n'a pas l'ombre d'un doute. Quelques inquiétudes, tout au plus. Mais rien que la religieuse ne saurait calmer. La froide religieuse qui, à cet instant précis, est prise d'un désir qu'elle ne connaissait pas : elle veut la protéger. Mais de quoi ? De cet endroit qui l'a tant changée ? Du dehors qu'elle redoute ? Sœur Anne fait tournoyer les billes de son chapelet entre ses doigts. L'idée avait fait son chemin : jusqu'au bout, elle accompagnerait Jeanne dans le mûrissement de sa vocation. En même temps que son inquiétude naît cette certitude inattendue : elle n'est plus seule.

*

« Je vais mieux, ma Mère. »

Sœur Anne avait menti. Après six mois d'absence, elle était revenue au couvent, décidée à se débarrasser d'un sentiment d'imposture. Rares étaient celles qui quittaient la communauté. Rien n'est interdit : les religieuses sont libres de partir. Mais toutes le savent : un départ est atroce. Celui de Sœur Anne, bien que temporaire, avait été plus doux, le fruit d'une entente mutuelle. «Je pense qu'il est temps que vous nous quittiez pendant un petit moment», avait suggéré Mère supérieure. Ces mots l'avaient effrayée. Le départ d'une religieuse est un déchirement. L'équilibre communautaire se rompt au point que c'en est presque inconcevable. Partir ? Mais pour aller où ? N'était-elle pas heureuse, ici ? Sœur Anne s'était rendue en Espagne, conformément aux ordres de Mère supérieure, dans un petit village où résidaient quelques religieuses plus âgées. «Je vous laisse libre. Simplement, je veux que vous gardiez l'habitude de la prière.» Sœur Anne n'avait pas eu d'autres instructions. «Je ne veux pas vous décevoir, ma Mère.»

Six mois plus tard, les beaux jours étaient revenus. «Je vais mieux, ma Mère.» Oui, elle avait menti. « Alors, revenez. » Mère supérieure en était certaine : cette fois, elle ne les quitterait plus. Avec prudence, la communauté lui avait de nouveau ouvert les bras. Beaucoup avaient trouvé la religieuse maigre, trop fragile. On lui avait alors confié de petites tâches. « Il vous faut retrouver le bon chemin, désormais », avait exigé Mère supérieure.

Sœur Anne, reçue par le Père Martin, s'était confiée. « Ces derniers mois ont été solitaires. » Son directeur de conscience avait plongé ses yeux dans le regard transparent de la religieuse. « Ils ont toujours la couleur de l'océan. » Heureuse de retrouver la tendresse de cet homme aux cheveux blancs, elle avait souri. « Il va falloir vous réhabituer, ma fille. Comment envisagez-vous la suite ? » Sœur Anne n'avait pas répondu. « Et Dieu, dans votre vie ? » Elle s'était immobilisée. « Pour la première fois, j'ai douté, mon Père. C'est un poison. » La chapelle est un refuge pour les pudiques, assez sombre pour cacher leurs larmes. Mais le Père Martin les avait entendues. Il avait pris la main de la religieuse en silence.

Elle n'allait pas mieux et l'avait avoué devant la Croix. Elle avait récité ses Vêpres. Elle a toujours aimé l'office du soir. C'est une prière dans la nuit, plus calme que les autres. Quand le jour décline, l'Église entière convoque la lumière. Cet office porte en lui la mémoire de la mort du Christ. Accueillir ce douloureux souvenir était étrangement apaisant. L'Hymne, les psaumes, la Parole de Dieu, le Magnificat. *Mon âme exalte le Seigneur, exulte mon esprit en Dieu, mon Sauveur !* déclame une religieuse. *Il s'est penché sur son humble servante ; désormais, tous les âges me diront bienheureuse,* répondent les autres. L'intercession. Le Notre Père et l'oraison. *Dieu de lumière, à l'heure où le soir tombe, nous te prions d'illuminer nos ténèbres et de fermer les yeux sur nos péchés.*

Depuis son retour, Sœur Anne sent la lourdeur du temps et souffre de l'ennui. Exilée, elle ne sait plus communiquer. Les autres parlent une langue cryptée. Spectatrice, la religieuse assiste à la vie du couvent qui s'agite sans elle. Ses gestes, autrefois si naturels, lui paraissent désormais déplacés. Elle se perd, se trompe de pièces ou de couloirs. Elle oublie régulièrement la raison pour laquelle elle se déplace.

«Je peux vous aider, ma Sœur ? lui demande alors une passante.

– Non, non. Je me promène. »

Quelque chose ne va pas. Elle se sent irréelle. Il arrive que ses errances la guident jusque dans la chapelle où se trouve un piano qui, invariablement, sonne faux. Chaque jour, Sœur Anne apprivoise l'instrument. Il suffit d'une nuit pour qu'il se désaccorde.

*

Les gouttes de pluie crèvent la terre, claquent la pierre, battent les feuilles. Le jardin crépite, comme rongé par un invisible incendie. La religieuse, abritée sous le cerisier, est immobile. Les nuages ont avalé la lune et l'ombre de Sœur Anne. Dans le noir, les choses ont changé de forme. La religieuse pourrait être un arbuste, une statue, un balai. Elle n'est rien. L'averse lui plaît. Cachée derrière un rideau d'eau, elle demeure. Assise sur un muret, les yeux fermés, elle convoque ses souvenirs. Les fantômes dansent sous ses paupières. La mémoire surgit et son buste gronde.

Bien qu'écrasé par ceux d'une autre vie, son corps ne vacille pas. Sœur Anne récite les noms d'autrefois. Jean, maman, papa... Elle les a rejoints. Elle brûle toujours. Chaque soir, elle vit une mort lente qui la ramène jusqu'à la gare, sur le quai. Le train siffle. Un voyage l'attend, aller simple. Terminus. Les pieds englués dans le goudron chaud, elle lutte contre les racines grasses qui ligotent ses chevilles. Et hurle.

Elle ouvre les yeux et retire son voile. Elle a chaud. La sueur a gagné sa nuque. Elle passe sa main dans ses cheveux et agrippe une mèche desséchée. Jeanne. Ses cheveux puissants, vigoureux, éclatants. Sœur Anne, en comparaison, se trouve fade. Le cœur en ruine. Au contact de Jeanne, il s'effrite. Il bat, jaloux de la pulsation de l'autre. Jeanne est d'un naturel désarmant, pleinement heureuse. Sœur Anne, elle, lutte. La compagnie de sa postulante lui offre un peu de repos. Elle lui permet de quitter ses idées bizarres, le temps de regarder l'insouciance. Les yeux vifs et malicieux de cette jeune femme et son sourire radieux enchantent la religieuse. Jeanne pose des questions aux réponses évidentes. Elle est simple et délicieuse. Elle vient d'une famille de quatre enfants. Des parents catholiques, une fratrie heureuse qui l'appellerait chaque semaine dès qu'elle en aurait le droit. C'est tout. Et c'est merveilleux.

Tous les jours et après chaque leçon, Sœur Anne épie Jeanne. Fascinée par l'épaisseur de ses cheveux blonds, elle se surprend à vouloir les toucher. Jeanne est tout ce qu'elle n'est plus.

« Vous aimez la musique ? » demande la religieuse.

– J'adore la musique. Mère supérieure m'a autorisée à apporter mon violoncelle. »

*

Les matinées ont un parfum entêtant. Ce qui s'évanouit à la tombée du jour surgit aux aurores. L'éternel se cache dans une fleur qui éclôt, dans une goutte qui caresse l'écorce d'un arbre qui a passé la nuit dans le vent. Aux yeux de Sœur Anne, l'aube qui vient est une promesse ; le signe que, au fond, rien ne disparaît jamais vraiment. Pas à pas, la religieuse progresse le long d'une route de campagne et frôle la lisière d'un bois. « Seigneur, je vous demande de m'abandonner. » Le champ gémit, malmené par les bourrasques, le blé fouette ses jambes et pique son collant. Face à l'étendue du ciel gris, la religieuse se courbe. Une mer de cendres au-dessus d'elle. Elle aurait voulu que ce plafond se fissure, que l'univers aux couleurs inconnues l'engloutisse. Dans sa poche, ses doigts s'accrochent au petit chapelet. Une dernière prière avant la fin. « Laissez-moi partir. » Depuis des mois, son corps succombe aux milliers de bougies qui la consument. « Abandonnez-moi et je vous aimerai encore. Laissez-moi ici et je brûlerai. » Loin du couvent, elle prie enfin, et cette vérité la rend malade. Il lui faut l'immensité, l'impalpable, le mystère épais de quelque chose de trop grand qui exige tout. Les espaces clos l'étouffent, Sœur Anne s'est éteinte. Elle n'est plus qu'un habit, une robe, un voile, une paire de chaussures. Trop lourde pour rejoindre le ciel, trop légère pour rester sur Terre. Une créature hybride et blessée. Ni femme, ni ange.

Les bras en Croix, devant le Saint-Sacrement, elle avait pourtant dit « oui ». Elle avait dit oui mille fois. Le front contre la pierre, son souffle chaud qui aurait embrasé une forêt entière. Le monde s'était tu. Ardente, elle avait quelque chose d'inhumain. Les noces seraient consommées et elle ne serait plus d'ici. Son cœur accueillait un secret, le mystère de l'amour. Ce jour-là, elle avait dit « oui » et aurait pu mourir.

Au milieu du champ, elle Le supplie. Ses mots creusent chaque jour un peu plus sa tombe. En attendant d'y laisser son corps, elle y dépose ses regrets. L'effroi de ne plus connaître la vie religieuse. Comment l'enseigner à Jeanne ? Comment rester muette face à celle qu'elle devait conduire ? Jeanne qui espère tant... Jusque-là, Sœur Anne avait mis son mal à distance. La venue de la postulante fait exploser la dissonance qui dort en elle. La mélodie lisse de Jeanne révèle les contrastes qui la déchirent. La religieuse sonne faux.

Infirme, Sœur Anne s'incline. Sa silhouette maigre a la forme d'une parenthèse, plantée au milieu d'une étendue dorée. Les bras croisés, elle ferme les yeux et se laisse aller à quelques secousses. Sa tête convulse légèrement. Le signe d'une crise qui vient, d'un monstre qui, tapi dans un coin sombre, rampe lentement. C'est une bête que la religieuse connaît bien. Elle l'a conçue, elle l'a engendrée, elle l'a nourrie. Elle l'a mise au monde le même jour que le décès de son père, annoncé par Mère supérieure. La religieuse s'est habituée à la bête, cette menace discrète qui gratte au fond de son ventre. Les secousses sont plus fortes. Ses tempes battent, sa bouche se crispe. « Seigneur, pitié. Emmenez-moi avec vous. »

Ses bras croisés compriment son buste. De l'air, de l'air. Une main se pose sur son épaule.

« Ma Sœur ? Vous avez froid ? »

La religieuse se tourne et voit les yeux de sa postulante.

*

Elle a la légèreté d'une fillette. Jeanne entraîne la religieuse jusque dans la chapelle.

« Je veux vous montrer quelque chose. »

Quelques minutes plus tôt, la postulante avait noué son écharpe autour du cou de Sœur Anne.

« N'allez pas attraper froid. »

Elle avait pris soin d'elle. La religieuse s'était laissé faire. Avec pudeur, Jeanne l'avait recueillie.

Délicate, Jeanne se retient de poser des questions. En détaillant l'expression hagarde de la religieuse, elle la prend en pitié. Sa mine lui fait penser au petit chat que, enfant, elle avait un jour retrouvé dans le jardin. Elle s'en était patiemment occupée, l'avait nourri chaque jour au biberon. Elle avait aménagé un coin dans sa chambre. Une boîte à chaussures remplie de chaussettes, près du radiateur. Il n'avait personne. Désormais, il l'avait, elle. La religieuse était semblable à ces abandonnés qui ne savent plus marcher. De temps en temps, ils poussent un cri.

La bienveillance de Jeanne trouble Sœur Anne. Que veut cette enfant qui lui tient la main et qui la tire jusqu'au fond de la chapelle ?

« J'ai remarqué qu'il y avait un piano. Mère supérieure m'a dit que vous saviez en jouer. On n'a qu'à former un duo ! »

La religieuse se raidit.

« Nous ne sommes pas là pour faire de la musique. »

Elle tourne brutalement les talons, arrachant ses doigts à ceux de Jeanne.

« Il est 10 heures. Suivez-moi, nous avons encore le temps pour votre leçon du jour. »

*

« Votre père est mort. »

Sœur Anne avait lâché les mains de Mère supérieure. Ses doigts l'enchaînaient à des mots qui ne l'avaient pas encore atteinte. Elle s'était levée, avait fermé la porte et s'était rendue dans le jardin. Et maintenant, que reste-t-il à faire ? Elle avait marché toute la nuit et attendu les larmes. Rien n'était venu. Elle imaginait son frère, son tout petit frère, apprenant la nouvelle. Que lui aurait-elle dit ? Aucune parole au monde n'aurait pu le sauver du chagrin. Il était sans doute trop grand pour qu'elle puisse le prendre dans ses bras. Peut-être aurait-elle saisi son visage pour le coucher au creux de son épaule. Il l'aurait trouvée maigre. Il aurait écouté son cœur battre, une dernière fois. Car la religieuse vivait ses derniers battements. Elle se souvenait de ce père qui l'avait suppliée de ne pas partir. « Tu seras toujours la bienvenue. » Les rires, les pleurs, les disputes... Elle adorait chacun de ces souvenirs comme un enfant chérit un sac de billes neuves.

Sa souffrance avait désormais un nom. « Votre père est *mort.* » L'inéluctable avait frappé et l'avait arrachée à une forme de somnolence commode. La voilà projetée dans le temps. Le passé revenait en mordant. Elle savait qu'il n'y avait pas d'issue, qu'elle attendrait toute sa vie. Un voile noir avait obscurci l'avenir. Quelques brèches de lumière le transperceraient sans doute, mais elle ne les espérerait pas. C'était fini. Elle mourrait avec son père.

La douleur était paralysante. Elle frappait fort, elle était sourde. La culpabilité, déjà, fermentait. Diminuée, la religieuse parcourait les fines pages de sa bible à la recherche d'une forme d'apaisement. Une parole qui la convaincrait que, un jour, elle le reverrait. Psaume 116. *J'aime le Seigneur, car il entend ma voix suppliante, il a tendu vers moi l'oreille, et toute ma vie je l'appellerai. Les liens de la mort m'ont enserré, les entraves des enfers m'ont saisi ; j'étais saisi par la détresse et la douleur, et j'appelais le Seigneur par son nom : « De grâce ! Seigneur, libère-moi ! » Le Seigneur est bienveillant et juste ; notre Dieu fait miséricorde. Le Seigneur garde les gens simples : j'étais faible, et il m'a sauvé. Retrouve le repos, mon âme, car le Seigneur t'a fait du bien. Tu m'as délivré de la mort, tu as préservé mes yeux des larmes et mes pieds de la chute.* Elle avait récité ces mots toute la nuit et cette consolation l'avait tenu éveillée.

*

La salle est encore plus froide. Un bureau, deux tabourets et un secrétaire aux tiroirs percés de petites clefs.

« Elles sont tellement rouillées qu'on ne parvient plus à les tourner. Inutile d'être curieuse, donc. »

La sévérité de la religieuse rend cette étrange pièce encore plus austère.

« C'est ici que vous me retrouverez, tous les matins, à dix heures. »

Les fenêtres laissent filtrer une timide lumière. Les murs ont gardé la trace de meubles qui ont depuis été déplacés. Hésitante, Jeanne s'assied, les doigts noués.

« J'ai fait quelque chose, ma Sœur ? »

La religieuse fouille dans une petite caisse de livres.

« De quoi parlez-vous ? »

La simplicité de Jeanne l'agace. Sa jeune postulante est d'une franchise déconcertante. Spontanée, la tête pleine d'idées et l'air radieux. Elle se déplace dans le couvent comme si elle le côtoyait depuis toujours. Le regard des religieuses qu'elle croise est tendre. Elle est la bienvenue partout et excelle dans le rôle de la jolie jeune femme qu'on transforme en dévote recluse. Tiraillée par des émotions contraires, Sœur Anne voudrait que Jeanne se taise. Qu'elle rentre dans les rangs. Il vaut mieux qu'elle s'y habitue sans plus tarder. « Tenez, lui avait-elle dit en tendant une bible. Psaume 116. »

*

La soupe brûle le bout de ses lèvres. Insensible à la chaleur du bouillon, Sœur Anne s'obstine et avale le liquide d'une traite. Elle sent ses papilles se rétracter puis le goût disparaître. Une religieuse lit quelques versets de la Bible. Le réfectoire écoute, habitué à l'écho des couverts qui raclent le fond des assiettes. La pièce est immense, longue et tenue par une rangée de poutres brunes sur fond blanc. La pierre des murs est recouverte de tapis fatigués aux motifs effacés ; des illustrations que d'autres femmes ont cousues et contemplées. L'on devine par endroits le dessin d'un berger menant son troupeau ; d'une paysanne travaillant la terre ; d'enfants dansant dans les hautes herbes. Mais les détails ont disparu. S'il y a des arbres, on n'en voit pas le fruit. S'il y a un soleil, on n'en voit pas la lueur. Sœur Anne a pris l'habitude d'observer ces peintures étranges, à la recherche d'une bagatelle, d'un accessoire que l'œil humain n'aurait pu qu'apercevoir furtivement. La tapisserie était une immense carte où se cachait un trésor. Un jour, la religieuse s'était levée, triomphante : « Là ! Je vois un visage, là ! Juste derrière la maison ! » Les sœurs avaient ri. Mère supérieure lui avait demandé de se rasseoir.

À sa droite, Jeanne savoure un morceau de fromage. La religieuse ne lui a pas parlé de la journée. Par prudence, sa postulante l'ignore, et se contente de finir son repas. L'incident est déjà loin. Mais dans l'esprit de la religieuse, un malaise perdure. Surprise par l'aptitude de la jeune femme à oublier, Sœur Anne mesure tout le poids de son existence. Pour Jeanne, la vie est une série de moments dont l'intensité ne varie guère. La religieuse, elle, vit dans l'attente d'une épreuve. Chaque minute recèle une possible tragédie. Le don de soi avait toujours été synonyme de sacrifice. Et ce, dès le début, alors qu'elle franchissait le seuil du couvent pour la première fois. Sœur Anne avait embrassé la vie religieuse en pleurant de joie. Jeanne, elle, avait souri.

Face à la candeur de sa postulante, Sœur Anne croule sous le poids de son orgueil. Elle qui se croyait martyre. Elle était une parjure, enfermée dans une spirale de souffrance qui, croyait-elle, justifiait son choix de vie. Mais sa vocation est devenue un trou noir. Devant la joie béate de Jeanne, elle ne peut s'empêcher de se poser une question : a-t-elle déjà été aussi heureuse, même au tout début ?

« De toute façon, il est désaccordé. » La voix claire de la religieuse résonne dans le réfectoire. Quelques secondes, tout au plus. Avant que la lecture de la Bible ne reprenne. Sœur Anne éventre son bout de pain, forme des boules de miche blanche. Jeanne la scrute. « De quoi parlez-vous ? » La religieuse fixe son assiette, inspire et souffle : « Le piano. Il est désaccordé. »

*

Enfant, Axelle était difficilement abordable. Solitaire, elle répondait sagement aux questions qu'on lui posait sans jamais trop en dire. C'était une petite fille vive, gaie mais discrète. Sa mine tranquille cachait un océan de tourments dont on ne distinguait pas l'horizon. Un océan agité, infini. Dans ses yeux, une tempête. Son regard n'était ni clair, ni obscur. Il avait la couleur du jour qui se couche et de la nuit qui se lève. Il était incertain. Son frère aurait pu être son peintre. Jean avait la douceur naturelle de celui qui observe de loin. Il ne la brusquait jamais. Il l'attendait. Sa sœur était pour lui le plus beau mystère du monde. Quand Axelle le tolérait, il se promenait dans ses pensées. «Je suis un peu Christophe Colomb au pays d'Axelle aux merveilles», répétait-il. Elle ne lui a jamais demandé ce qu'il avait trouvé dans cette étrange contrée. Elle s'en fichait. Elle aimait être l'aventure de son frère.

Quand les petites frappes à l'école cherchaient à la faire pleurer, Axelle se cachait dans un coin de la cour, en attendant que son frère la récupère. Elle se défendait et leur adressait son regard le plus noir. Jean rappliquait, alerté par le sombre ciel qu'il apercevait dans ses pupilles. Il levait les poings, prêt à se battre. Elle se tenait à côté de lui, les mains elles aussi levées, menaçante. Une fois l'affaire résolue, Jean rejoignait ses amis. « Si tu as le moindre problème, tu viens me chercher », ordonnait-il. Elle aurait voulu qu'il reste.

À la maison, leurs chambres étaient voisines. Axelle se rendait au chevet de son frère en même temps que sa mère, afin de lui lire une histoire. Une de celles qu'elle avait écrites dans la journée. Des intrigues chevaleresques, avec des pirates et des magiciens. Le petit Jean ne s'endormait jamais avant la fin du conte. Excellent auditeur, critique sévère, il attendait la chute du récit pour en commenter la qualité. « C'était pas mal. Mais je trouve que tu aurais pu insister sur la pieuvre dans la mer. Elle a combien de tentacules ?

Huit, c'est tout ? Parce que j'en imaginais vingt, moi ! C'est une pieuvre géante, non ? Alors autant y aller à fond ! » Axelle savourait ces remarques, défendait son texte, heureuse d'être écoutée. Jean, insatiable, surenchérissait. « Non, non, je t'assure, c'était bien ! Mais tu aurais dû plutôt te concentrer sur le personnage de la sirène ! » Leurs démêlés les assommaient au bout de vingt minutes. Le sommeil piquait leurs yeux. Jean luttait toujours pour aller jusqu'au bout de son raisonnement. Mais Axelle ne l'entendait déjà plus. Les bras de son père l'avaient enfouie dans son lit.

*

La chapelle est droite, ferme, anguleuse. Depuis deux siècles, elle tient bon. Son corps n'a pas vieilli, il est tenace. La couleur de ses vitraux est vive et éclaire la croix de l'autel qui porte la prière des disparues, console le supplice des vivantes et embrasse les autres. Celles qui, le pied sur un fil de soie, titubent. Celles qui entendent le cri des damnés et le rire des bienheureux, et qui ne savent pas choisir. Leurs spectres se confondent dans son ventre géant. La chapelle est une ombre froide. Elle avale l'angoisse et ne la recrache jamais. Elle impose son silence.

Indifférente, Jeanne joue. Ses bras étreignent le violoncelle qui produit une étonnante mélodie. La religieuse, assise, la regarde. Les notes étranglent les voix qui sonnent dans sa tête. Il est temps pour elles de se taire. Il est temps d'écouter. Dans le noir, Jeanne lui tend une invisible main. Le dos voûté, la poitrine contre son violoncelle, elle fait courir ses doigts sur le manche ; caresse les cordes de son archet. L'oreille contre le bois, on jurerait qu'elle lui chuchote quelque chose. Les spectres des autres valsent autour d'elles. La religieuse voudrait rejoindre la danse. Envoûtée par le chant familier qu'elle croit composé pour elle, Sœur Anne rejoint le duo. Près de Jeanne, elle se met à genoux et pose la main sur le buste du violoncelle. Avec lui, elle tremble.

*

Elle pensait que la nuit serait longue, faite de ces lentes minutes. Le tic-tac des secondes qui tombent comme des gouttes d'eau sur le rebord d'une fenêtre. La forme des nuages qui éborgnent la lune, et qui dansent une danse bizarre. L'ombre du grand sapin qui s'allonge sur le mur de pierre. Le reflet noir de ses branches forme des silhouettes infinies. La religieuse leur donne une voix. Un ange chante dans le coin supérieur de sa chambre, elle le jure.

La nuit a été longue mais pour la première fois, Sœur Anne ne l'a pas rejointe. La nuit était descendue. Elle l'avait enveloppée comme chaque fois. L'ange avait chanté. Mais la religieuse avait entendu autre chose. La mélodie de sa postulante, qui bat dans ses tempes, qui coule dans ses veines et irrigue son corps glacé. Une mélodie qu'elle ignore mais dont elle se souvient. L'étrange sensation qu'elle lui appartient, que ces notes parlent d'elle. La nuit l'a appelée, elle aurait pu s'y enfoncer. Répondre aux souvenirs, descendre les dernières marches d'une interminable échelle qui perce la gueule béante d'un monstre. Mais ces notes lui ordonnent de vivre. De quitter l'invisible, les mains tendues vers le ciel. Le monstre fermerait sa gueule. Et après ? Il y aurait toujours cette mélodie. La voix de l'ange qu'elle attendait chaque soir, et qui était venu.

*

« Vous cherchez quelqu'un ? »

La religieuse a l'œil moqueur et la voix aiguë. Fière, elle attend la réponse de Jeanne, les bras croisés.

« Oui, je cherche Sœur Anne. Je devais la retrouver ce matin. »

La religieuse souffle.

« Ma pauvre, ça risque d'être long. Elle a pris l'habitude de disparaître. Vous savez, elle ne va pas très bien. »

De son poing, elle tapote sa tempe.

« On ne sait pas trop ce qu'il se passe là-dedans. C'est ça, les mystiques, hein ! »

Devant l'impassibilité de Jeanne, la religieuse se reprend avant de filer.

« Si vous ne la trouvez pas, venez me voir dans la bibliothèque. Je trie et répertorie les livres. Vous pouvez m'aider. »

Seule, Jeanne grimace. La moquerie de la religieuse lui a laissé un goût amer dans la bouche. La « mystique ». Derrière ce surnom se cache un cruel diagnostic : le couvent abrite une folle, une illuminée, une fanatique. Une patiente que la communauté, conformément au principe de charité, doit prendre en charge. Pour certaines, cette forme de générosité justifie tous les écarts, les petites mesquineries. « Nous ne sommes qu'humaines », entendait Jeanne à longueur de journée.

« Elle n'était pas au réfectoire ce matin », « Elle a encore oublié de surveiller le dortoir », « Je la trouve trop maigre, j'espère qu'elle prend soin d'elle »... Les remarques, les critiques, les fausses inquiétudes, toujours chuchotées derrière le dos de l'intéressée, sont d'une férocité inouïe. Et si Sœur Anne ne les entend plus, Jeanne, elle, en comprend toute la violence. Elle voudrait la défendre. Témoigner de ce qu'elle voit en Sœur Anne : le désir de vivre et sa conscience aiguë qu'ici, cela était impossible. Qu'au fond, il n'y a qu'elle pour affronter le doute que chacune éprouve plus ou moins. La lucidité de Sœur Anne l'a amenée à être bannie de celles qui refusent de voir ceci : le mensonge ne dure pas et Dieu le voit. Dans la prière, Sœur Anne avait dû confesser le sien : elle n'est pas malheureuse, ce n'est pas cela. Mais elle n'a jamais connu le bonheur en Dieu dont toutes parlent avec hébétude ou orgueil.

Certaines l'auraient jugée inapte à former de jeunes postulantes. Pas Jeanne. Son sort l'importe peu, il n'y a que la détresse de Sœur Anne qui occupe ses pensées. Y était-elle pour quelque chose ? Jeanne, pour qui le bonheur est si simple, avait-elle rompu l'équilibre fragile de la religieuse ? Le trouble de la postulante grandit de jour en jour. De quoi est-elle responsable ? À force d'y penser, Jeanne en est venue à la conclusion que la foi est, pour elle, un don. Pour d'autres, elle est ce que l'on espère. Bien que désarçonnée par celle qui aurait dû l'ancrer dans sa nouvelle vie, la postulante choisit de la contempler. Elle soignerait celle qui espère.

*

Autour du lac, les élèves profitent de leurs dernières minutes de récréation. Les conversations font place aux souvenirs d'un été disparu. Les premiers baisers, les feux d'artifice du 14 Juillet, les échappées interdites... Août lambine encore dans les esprits. Certaines s'amusent à marcher au bord du lac, là où l'herbe ploie, séduite par l'eau fraîche. D'autres lézardent au soleil, soufflant aux nuages qui passent, comme pour les éloigner. Une vingtaine de robes bleues dispersées a colonisé le paysage. Parmi elles, la religieuse et sa postulante passent. Jeanne remarque quelques regards. Mais ce n'est pas elle que l'on observe.

Sœur Anne se déplace à la manière d'une revenante. Son pas est timide. Les mains cachées dans ses grandes poches. Jeanne entend le roulement des billes nacrées du chapelet. La religieuse est agitée, les yeux braqués sur des dizaines de visages à la fois. Et ce léger coup de tête, ce petit sursaut qui la gagne quand elle se sent en danger.

« Je voudrais vous remercier d'avoir joué ce morceau, hier. C'était magnifique, murmure-t-elle. Je n'arrête pas d'y penser. »

Jeanne esquisse un sourire. Dans les yeux de sa religieuse, elle croit apercevoir une forme de reconnaissance.

« Je vous en prie, ma Sœur. Je jouerai encore, si vous le voulez.

– J'aimerais bien, oui. »

La religieuse regarde sa montre.

« Il nous reste cinq minutes. Après, il faudra rassembler tout ce petit monde en classe, d'accord ? »

Des éclats de rire recouvrent ses mots. La religieuse demande le silence.

« Je ne suis plus habituée aux cris. »

« Vous dormez bien, ici ? »

Jeanne hausse des épaules.

« Je dors bien partout. »

Elles longent le bois. Une brise glaciale fouette ses feuilles et gifle leurs joues rougies.

« On dirait que la forêt nous chasse », plaisante la religieuse.

Elle fredonne la mélodie, sa voix agrippe les notes les plus basses et se brise dans les aigus.

« Je n'arrête pas d'y penser. »

Son timbre est clair mais faible. Elle chante comme elle parle, pense Jeanne. En murmurant.

« C'est vraiment une jolie mélodie. Vous avez comme réveillé la chapelle. Je ne l'ai jamais vue si vivante. »

La cloche sonne au loin. Sœur Anne et Jeanne gagnent le couvent, enjoignant les élèves à rentrer. La religieuse ouvre le lourd portail de bois.

« Allez, mesdemoiselles. »

Jeanne attend sur le côté, évitant le regard de son imprévisible tutrice. Les jeunes filles ont disparu.

« Vous voulez vous promener encore un peu ? » propose Sœur Anne.

Elles traversent le potager. Accroupies, trois religieuses travaillent la terre, soignent les légumes, recueillent quelques carottes.

« Vous avez la main verte, Jeanne ?

– Absolument pas.

– Ce n'est pas grave. On vous trouvera bien des choses à faire. »

Prudente, Jeanne hoche la tête, se tait et la suit de près.

« Vous savez, nous avons toutes un rôle, ici. Certaines s'occupent du potager, les autres de la cuisine. Il y a celles qui enseignent et celles qui nettoient. Il y a un ordre à respecter pour assurer l'équilibre de la communauté. À première vue, tout cela est rassurant. Nous ne sommes jamais surprises ni déçues. Nous avons assurément notre place. »

La religieuse contourne le flanc droit du couvent. La pierre est fatiguée, le vent et des tempêtes anciennes l'ont effritée.

« L'erreur est de croire qu'avec un tel ordre, un système aussi parfait, nous trouvons un bonheur immédiat. Que, soudainement, nous sommes des Saintes, capables de distinguer le Bien du Mal. Qu'il n'y a plus qu'un chemin et qu'il se présente parfaitement à nous. En réalité, toutes les frontières que vous connaissiez, tout ce que vous pensez savoir de vous, tout cela s'efface. »

Sœur Anne est désormais stricte. Elle a le regard sérieux et son ton est sec.

« La vie religieuse est une tempête. Les courants se mêlent, le vent vient des quatre coins du monde. Ce que vous prenez pour une éclaircie est peut-être le signe d'un orage. La foudre est peut-être votre délivrance. Et surtout, votre Foi est mise à l'épreuve. Toujours. La paix vient avec le temps mais ne s'acquiert jamais tout à fait. »

Devant elles s'étend un immense champ. Au loin, la couleur métallique des voitures pique l'horizon.

« J'aimerais vous parler de la solitude que vous éprouverez peut-être. J'aimerais vous dire qu'elle est belle. Elle vous déshabille, elle vous dénude. Soudain, vous êtes dans le noir, à l'intérieur de vous-même. Le ciel que vous avez connu est mort. Il faut en créer un autre. Il faut apprendre à vivre pour quelqu'un d'autre que pour vous-même. C'est dans ce silence, dans cette solitude, que le Christ vous rejoint. Le cœur doit être sourd à tout ce qui l'environne pour accueillir une parole intime. Un secret se murmure. Il tourne le dos à la fureur, au bruit, au chaos. C'est dans la prière que vous l'entendrez. »

*

La nuit l'habille. L'ombre des feuilles se répand sur sa robe noire. Elles dansent sur son corps. Elles s'agitent, s'affolent sur le tissu. Avant de s'immobiliser.

Sœur Anne attend. Ses doigts agrippés au calepin. La postulante ne l'entend pas mais le jardin est bruyant. Tout vit. Un autre chant. Les arbres, sombres, paraissent immenses. Plus épais. Leurs silhouettes s'entremêlent. Leurs fruits, agités par la brise, tombent sur la pierre froide. Les colombes se frottent contre les grilles métalliques. Un volet s'abat contre le mur du fond. Le vent s'engouffre dans l'escalier menant aux cuisines et gémit. On croit le monde endormi. Mais Sœur Anne en connaît tous les secrets. Comme les arbres, elle a pris racine. Ses plaintes se mêlent à celles du vent. Et elle s'interroge. Y en a-t-il d'autres, des femmes comme elles ? Qui aiment se reposer sur un muret et écouter ? Qui attendent d'être déracinées et plantées autre part ? Et ces femmes, peut-elle les entendre ? Ou bien, elle est seule. Mais non, quelqu'un la regarde.

*

Assise sur son lit, Jeanne contemple sa modeste chambre. Son lavabo blanc pèle, la peinture est fatiguée et le bout du robinet, grignoté par le calcaire. La petite serviette qui pend à côté est fine, les mailles délacées, si bien que Jeanne se demande s'il y a plus de tissu que de trous. Le gant rose est décoré de quelques fleurs qui, autrefois, devaient être bleues. Le marron vif de l'armoire s'est affaibli. La pièce ressemble à un tableau qu'on aurait oublié dans un grenier. Sa porte n'a pas dû être ouverte depuis des années : il faut forcer la poignée, lutter contre les gonds rouillés qui grincent, avant de pénétrer cette chambre que les mortes n'ont pas quittée. Jeanne sent leur présence. Rassurée à l'idée qu'avant elle il y en a eu d'autres, elle imagine leurs gestes et les reproduit.

Avec précision, elle déboutonne sa robe, ôte sa chemise et ses collants, ses sous-vêtements, enfin. Ignorant volontairement la nudité de son corps, elle se précipite sur sa chemise de nuit et l'enfile. Elle peigne ses cheveux blonds avant de les nouer à nouveau. Elle se brosse les dents et se lave le visage au savon noir distribué à chacune des religieuses. L'odeur inonde ses narines et Jeanne sourit, heureuse de sentir comme les autres.

Elle lève les yeux vers la lucarne. Le bleu de la soirée contraste avec le jaune de son unique ampoule. Elle a l'impression d'être dans un sous-marin noyé dans de profondes eaux. Le clignotement rouge des avions lui parvient, le blanc azur des étoiles et la lumière de la lune qui ne fait pas encore partie de cet œil de verre. Jeanne entend le frémissement du jardin et, sur la pointe des pieds, tente d'en apercevoir les arbres. Trop petite, elle tire un tabouret et l'escalade, les paumes plaquées sur le mur et le nez, contre la vitre. Elle aperçoit quelques carrés de lumière, certaines ne dorment pas encore. La cage sombre des colombes, les allées désertes, la fontaine asséchée. Et la religieuse, assise sur un muret, parfaitement immobile. Veilleuse anonyme, elle écrit quelque chose. Embarrassée par son indiscrétion, Jeanne descend de son tabouret et se glisse dans le lit.

La nuit avance et elle prie une dernière fois avant de se coucher. *Seigneur, j'aimerais te remercier de cette belle journée. Je te confie ma vie et mon postulat. Je te confie ma famille à qui je dois manquer. Je te confie les sœurs, mes futures sœurs j'espère. Je te confie Sœur Anne, surtout. Qu'elle trouve un peu de paix.* Pour Jeanne, le temps de prière s'apparente à une confidence. Une confidence qu'elle déplie, avoue, plie à nouveau et range soigneusement dans son cœur.

*

Ils filaient sur leurs vélos à travers le champ, s'imaginant sur le dos de dragons. Axelle était plus agile que Jean. Elle évitait chaque butte, virait à chaque tournant, frôlait à toute vitesse le blé mûr qui crépitait au vent. Ses jambes découvertes, striées par les tiges, criblées de petits cailloux tranchants qui bondissaient tout autour d'elle. C'était leur jeu. Ils aimaient aller vite et troubler un paysage fixe. Ils s'amusaient à rugir, à effrayer les hirondelles cachées dans les hautes herbes. Au bout du chemin, celui qui mène à la sortie du village, il y a une grande pente goudronnée qu'ils aimaient dévaler. Invincibles, ils cessaient de pédaler, se hissaient sur leurs vélos, abandonnant leurs sièges, le corps absolument droit. Le vent finissait par s'engouffrer dans leurs gorges, interrompant leurs cris victorieux. Axelle avait l'impression d'être plus légère. Elle s'élançait comme pour rejoindre quelqu'un qui l'attendait depuis longtemps.

Elle ne l'avait pas vu tomber. Le vélo rouge de son frère avait disparu dans le fossé. Elle entendait le sifflement des rayons. Il lui faisait penser au chant des sauterelles. Jean avait été projeté un mètre plus loin. Immobile, elle avait fixé son corps et remarqué la forme étrange de son bras droit. « Jean ? » Il s'était levé, hagard. « Jean ? Tu as mal ? » Il n'avait pas répondu, avait boité jusqu'à son vélo et s'était accroupi. « Je crois que la chaîne est cassée. » Lentement, Axelle s'était approchée. « Ton bras est bizarre. » Au-dessus du poignet, une énorme bosse était apparue. « Il est tout gonflé. » Elle ne distinguait plus l'avant-bras du coude. « Jean, il faut rentrer. » Il s'était mis à pleurer.

« Et mon vélo ?

– On viendra le chercher plus tard. »

Ils avaient marché quelques minutes. Jean gémissait. « Tu as mal ? » Il avait secoué la tête. « Non. » Axelle avait ensuite plaqué sa main contre le dos de son frère afin de l'encourager. Elle le trouvait pâle. Il tenait son épaule, le bras étalé le long de son torse. « Axelle, je ne me sens pas bien. » Son bras avait viré au bleu. « Allez, Jean. » Il avait réussi à marcher encore quelques mètres avant de s'asseoir en lâchant un grand râle. Il avait vomi, craché et s'était allongé, inconscient, au bord de la route.

« Jean ! » Aucune voiture ne les avait croisés. Paniquée, Axelle avait frénétiquement caressé les cheveux de Jean, trempés de sueur. « Je vais te porter. »

Elle l'avait roulé sur son dos, prenant soin de ne pas écraser son bras, avait passé la main sous son cou, et l'autre sous ses genoux. Elle s'était redressée, avait grogné, accablée par le poids mort de son frère. La maison se trouvait à une trentaine de minutes. À onze ans, Axelle était encore très mince. La pente s'était inversée, elle grimpait une côte. Chacun de ses pas était lourd. Elle avait trotté, puis marché, gagnée par la fatigue. « Un, deux, trois, quatre, cinq... » Chaque fois qu'elle atteignait le nombre de cent, elle recommençait. Les secondes étaient à elle, elles lui appartenaient. Compter lui avait donné l'illusion de maîtriser le temps qu'il restait encore avant de retrouver ses parents.

Le ciel était splendide et elle avait eu peur. Le soleil s'était couché. Les nuages avaient étouffé les dernières lueurs du jour, indifférents à la prière d'une petite fille qui avait peur du noir. Qui y voyait des silhouettes difformes, les ombres d'un cauchemar. Elle avait fermé les yeux et poursuivi sa route, ignorant le poids de son frère, à demi conscient.

À bout de forces, elle avait fini par le déposer au bord du champ doré. Il faudrait le laisser là. Les larmes aux yeux, elle lui avait promis qu'elle reviendrait, qu'il fallait qu'elle aille chercher leurs parents. Il avait gémi, elle l'avait embrassé et s'était mise à courir, minuscule sur ces routes de campagne, traquée par le soir qui mordait la terre. Le champ était immense. Le contourner aurait pris trop de temps. Elle s'était engouffrée dans les hautes tiges de blé. La terre remuait, le vent soufflait, les brindilles craquaient sous les pas de la petite fille. Axelle courait dans un labyrinthe sans couloirs. Chaque sentier était un détour, il n'y avait pas de chemin. La peur l'avait immobilisée et elle s'était allongée, les genoux pliés contre son ventre, les bras autour de ses jambes. La glèbe sombre craquelle contre son oreille. Il n'y avait plus qu'elle et les cailloux. Elle avait écouté sa respiration. « Jean. » Elle avait attendu de dormir, envahie par une paix étrange qu'un enfant ne devrait pas connaître. C'était la fin. Elle s'était endormie, incapable d'imaginer à quoi ressemblerait son réveil.

*

Il cherche à l'atteindre depuis qu'elle est partie. Petits, Jean et sa grande sœur ne montraient rien. L'amour était une évidence, quelque chose d'inné qu'ils entretenaient en construisant des cabanes dans les arbres. À celui qui toucherait la feuille la plus haute. Leur voyage dans le ciel, c'étaient les après-midi passés la joue tendue au soleil, les doigts qui s'allongent pour frôler les derniers bourgeons de la plus maigre des tiges, et leurs voix de gamins jurant qu'ils avaient gravi la branche la plus élevée. Jean avait continué à jouer aux compétiteurs. Axelle était descendue et il n'avait rien vu.

Assise dans le parloir, elle devine la silhouette de son frère de l'autre côté de la vitre opaque. Ce petit géant qu'elle adore est là. Il pénètre dans la pièce, elle le prend dans ses bras. « Tu as fait bonne route ? » Elle le serre encore plus fort. « J'ai l'impression que tu grandis un peu plus chaque fois. » Il ne répond toujours pas. Il se laisse envelopper et fourre la tête dans l'épaule de sa sœur. « Tu sens bizarre », articule-t-il. Elle recule et détaille son visage. Il a finalement perdu ses joues d'enfant. Ses grands yeux bruns qui brillent parcourent la salle. « J'aime pas cette pièce. Elle sent bizarre, aussi. » Il renifle.

« Ça sent le vieux bois pourri. »

Sœur Anne se retient de rire et tire une chaise.

« Allez, assieds-toi. »

Il s'affaisse avec la langueur qu'elle lui connaît bien. En expirant lourdement, les mains posées sur ses genoux, et en fixant le plafond de ses grands et tendres yeux. « Alors ? Tu me racontes quoi ? » tente-t-il. Ils savent tous les deux qu'elle ne lui racontera rien. Jean s'attend à son silence. Elle remue les lèvres, en espérant que les mots sortent. Des banalités feraient l'affaire. Mais leurs précédentes rencontres les ont épuisés. Le beau temps, son boulot, Paris qui change... Il n'y a plus rien à dire. Leurs mondes respectifs sont séparés d'un mur épais d'incompréhension, de questions et de remords. Il lui en veut de l'avoir abandonné, elle lui reproche sa colère puérile. Il aurait dû, pensait-elle, la laisser partir et vivre sa vie de religieuse. Au lieu de cela, il avait décroché le téléphone chaque fois qu'elle l'appelait. Il avait fait l'enfant, il ne l'avait pas écoutée. Il n'avait pensé qu'à sa propre douleur.

« Comment tu vas, Axelle ? » Il ne manquait pas une occasion de lui rappeler son prénom d'autrefois. Il sait que ça lui fait mal de l'entendre. La religieuse s'assied à son tour. La fontaine, qui pétille au loin, ne fait qu'épaissir le silence. Mais ça ne la dérange pas, elle le regarde. Son frère à la barbe mal rasée et aux cheveux grisonnants. « Je vais bien, lâche-t-elle. Je vais mieux. » Il se redresse.

« Tant mieux. Tu es revenue quand de ton exil ? »

Elle fait la moue.

« Ce n'est pas drôle.

– Je confirme, ce n'est pas drôle du tout. »

Ils parlent du même souvenir. D'un événement douloureux que Sœur Anne aurait voulu taire tant elle avait honte. Jean, sa conscience, ce tout petit frère qu'elle adorait, était venu le lui rappeler. Son habituelle douceur s'est effacée. Il a l'air défiant, son corps est droit, raide. Ses yeux ne disent plus : « Je viens te sauver », mais : « Je vais t'enlever et, cette fois, tu n'auras pas le choix. »

La religieuse joue nerveusement avec son chapelet, se lève, parcourt la pièce, tourne autour de Jean qui, stoïque, ne la quitte pas du regard.

« Tu as ton sourire niais, celui que tu fais quand tu es anxieuse. »

Il décroise les bras, elle noue les siens. Jean attend une réponse. Sœur Anne la lui refuse.

« Tu ne vas pas parler du tout de ce qu'il s'est passé ?

– Je préférerais qu'on parle de toi, de ta vie, de ta femme. Comment vas-tu ?

– Je n'ai pas envie de parler de ça, Axelle. Tu ne sais pas discuter normalement. Je veux parler de ce qu'il t'est arrivé en Espagne. »

Sœur Anne s'agite, tremble et plie son corps encore plus, le menton contre sa poitrine et les bras en croix.

« Tu as froid ?

– Un peu.

– Tu n'as pas de manteau ?

– Je l'ai oublié dans ma chambre. »

Sous les pas agités de la religieuse, les lattes grincent. Jean abandonne. Il n'en tirera rien.

Il étudie le bois moisi et souffle.

« C'est pour ça que ça pue. » Il renifle.

« Tout pue, putain. »

La vulgarité lui sied mal. Ce « putain », il l'a prononcé timidement, la voix presque éteinte. Il a voulu jouer au grand ; à l'adulte qui, parce qu'il a vécu, a le droit de jurer. Il se sent un peu ridicule et, sous le regard amusé de sa grande sœur, il sourit :

« Pardon... »

Elle le rejoint et lui prend la main.

« Je sais que tu es déçu. Je sais que tu as l'impression que je vous ai abandonnés papa, maman et toi. Mais je suis auprès de vous, par la prière. »

Jean se retourne, et la dévisage.

« Ça fait longtemps que je ne t'attends plus, Axelle. Ma grande sœur est morte au moment où elle s'est crue sainte. Ce n'est pas parce que tu sacrifies tout que tu l'es, sainte. Tu confonds souffrance et résilience. Tu aurais pu nous écrire, au début. Tu aurais pu nous téléphoner. Par orgueil, tu as décidé de vivre dans la douleur. Mais nous, on t'attendait. Tu aurais pu me repousser des centaines et des centaines de fois, je serais revenu. Je reviens toujours. Ce n'est pas ça le pire, Axelle. Tu t'es détruite. Tu t'es tellement détruite que tu adores te faire mal parce que c'est ce qui te prouve que tu vis encore. Et moi, par amour, je viens te voir. Parfois, si j'ai de la chance, j'arrive à t'apercevoir. Ton visage te trahit. Ton petit sourire de tout à l'heure, c'était mon Axelle ça. Mais la plupart du temps, je dois te voir souffrir. Parce que tu adores la mettre en scène, ta souffrance. Et je te déteste pour ça. Tu m'obliges à assister à ça. Plus j'avance, plus tu hurles. »

Elle le raccompagne jusqu'au portail. Sa voiture rouge est garée plus bas, près des barques qui tanguent.

« Tu reviendras me voir ? demande-t-elle.

« Bien sûr, Axelle. Je t'appellerai, comme d'habitude. »

Sœur Anne l'embrasse sur le front et le quitte. Il démarre. Le soleil décline, les champs sont sombres, le bois traversé par un vent qui vient de loin. Jeanne la rejoint.

« Ma Sœur, ça va ? C'est bientôt l'heure des Vêpres. »

La religieuse acquiesce.

« Allez-y ou restez. Nous ne serons pas en retard. Ce paysage donne envie d'écrire un poème. Il faudrait figer cet instant. »

La voiture rouge a disparu. Le chemin est désert. La religieuse croise les bras.

« L'orgueil, l'orgueil, l'orgueil… »

Elle bute, secouée par de petits spasmes.

« Ma Sœur ? »

La religieuse lui fait signe de se taire.

« L'orgueil de toujours croire qu'on a quelque chose de plus beau à dire que le soleil qui se couche. »

*

Quand elle se réveille, les ombres des tiges de blé dansent. De petites lueurs lui parviennent, celles des faisceaux de lampes torches que, au loin, les adultes agitent. Les corps droits des céréales, balayés par le vent et par la lumière, donnent l'impression qu'une armée de créatures filiformes avance. Axelle, étourdie, se lève péniblement. Elle a entendu son nom. On l'appelle mais elle refuse de répondre. « Axelle ! » Les bras de son père, la voix de sa mère, l'avaient trouvée. Blottie contre eux, elle marche jusqu'à la voiture. Un murmure sourd l'entoure. « Et Jean ? » Son père la rassure : « Il va bien, ne t'en fais pas. On l'a trouvé. » Elle s'était endormie à l'arrière de la voiture, la tête posée sur les genoux de sa mère. Elle apprendrait dans la soirée que Jean s'était cassé la clavicule et l'avant-bras. Elle apprendrait qu'on l'avait retrouvé là où elle l'avait déposé, à cinq minutes de chez eux. « Pourquoi tu t'es enfuie dans le champ ? lui avait-on demandé. Tu as paniqué ? » Elle s'était persuadée de le traverser. Elle avait cru prendre un raccourci. La peur avait corrompu le familier. Tout lui avait paru si étrange.

*

La matinée a pâli l'horizon. Une horde d'hirondelles jaillit.

« Nous les avons réveillées », constate la religieuse.

Jeanne, encore endormie, la rejoint.

« On va où ? »

Sœur Anne lui prend le bras.

« Au milieu. Et puisque vous avez l'air de vous ennuyer, sortez votre chapelet, nous allons réciter la prière. »

La religieuse entonne un Ave. Jeanne, les yeux perdus dans le ciel, sonde un bleu infini.

« Dieu nous regarde, pense la religieuse. On marche, on marche jusqu'au bout du monde. Parce que nous n'avons jamais rien vu d'aussi beau, il nous faut mourir pour Le connaître. »

Le soleil a conquis une partie de l'aurore ; la lune est devenue toute petite.

« Je voulais vous amener jusqu'ici, au milieu de ce champ, pour voir ces deux corps célestes », articule Sœur Anne.

Son murmure a l'air d'une confidence.

« La vie religieuse nous enseigne l'humilité. Vous devez vous réduire, vous faire toute petite. Levez les yeux au ciel, regardez ce qui vous dépasse et apprenez à aimer ce que vous ne pouvez pas comprendre. »

« Après s'être dépouillée de tout, que reste-t-il d'une femme ? Son cœur. C'est lui qu'il faut entretenir. Vous verrez qu'à certains moments, Jeanne, vous sentirez des vérités. Il faudra attendre qu'elles se manifestent pour que vous compreniez que, en réalité, elles étaient là depuis le début. Le cœur a un langage étrange que vous ne saisirez pas toujours. C'est à lui que Dieu s'adresse. C'est votre cœur qui sait aimer, qui sait être généreux, qui sait croire. Ce sont des facultés avec lesquelles vous êtes née et qui, au fond, vous dépassent. Ce sont les clefs de l'énigme du monde que vous ne saurez jamais déchiffrer. Comme si on avait offert le plus beaux des livres à un enfant qui ne sait pas lire. Votre livre, c'est votre cœur. L'écouter suffit à le rendre bon. À travers lui, le Seigneur vous dira ce qu'il aura à vous confier. Le reste n'existe pas. Il y a votre cœur, et il y a Dieu. »

*

C'était un jour d'été, le dernier de l'année scolaire. Juillet approchait et avec lui, les vacances. La cloche avait sonné. De joyeux enfants avaient surgi devant l'école. Quelques-uns avaient propulsé leurs cartables au-dessus de leur tête, leurs dictées et calculs jetés dans le bleu du ciel qui promettait de belles aventures et un long repos. Du chemin de gravier, piétiné par les élèves, s'étaient élevés des tourbillons de poussière brune. De petites ombres y dansaient, se disaient « à bientôt » et riaient. Axelle avait trouvé son père la première. Jean était resté dans la cour. « Il parle à Camille », avait lâché Axelle, un sourire complice aux lèvres. « Camille ? *La* Camille ? » avait rétorqué son père. *La* Camille, parfaitement, avait affirmé sa fille. Une passion, la toute première de son frère. Le béguin qu'il avait tenté de garder secret jusqu'à ce que sa sœur détecte l'avidité avec laquelle il la regardait. « Qu'est-ce qu'on fait, on l'attend ?, avait hésité son père. Allez, on l'attend. » « Elle est comment ? » avait-il demandé à Axelle.

« Elle est belle et gentille, puisque Jean l'aime.

– Il l'aime, tu en es sûre ?

– C'est ce qu'il m'a dit.

– Tu en penses quoi, toi ? »

Axelle était une collégienne que l'imaginaire avait capturée. Son corps changeait mais son cœur était resté dans les arbres qu'elle grimpait encore. Perché dans les nuages qu'elle espérait un jour atteindre. Que pensait-elle des sentiments de son frère ? Pas grand-chose. Elle avait retenu la gêne de Jean à l'évocation du prénom de la belle, et ses joues rougies par le sentiment d'avoir été pris en flagrant délit. Elle s'était souvenue de la fierté d'un petit garçon à qui une fille avait murmuré des mots doux.

Axelle n'avait donc pas répondu. Craignant d'avoir réveillé une forme de solitude ou de mal-être, son père lui avait raconté le jour de sa naissance. La première fois qu'il l'avait vue, elle, cette toute petite chose qui avait fait de lui un père. « Ta maman voulait que je te prenne dans mes bras. Mais je n'ai pas voulu tout de suite. J'avais peur de te casser. » Ce souvenir avait enchanté Axelle. Elle avait voulu en savoir plus. « Tu étais minuscule et mes mains étaient si grandes. Je ne savais pas comment manipuler une chose aussi fragile. Alors, ta maman m'a montré comment faire. Elle t'a mise dans mes bras, contre mon cœur. Je voulais que ton oreille l'entende battre. J'ai eu peur que ça te réveille. Mais tu as dormi contre moi jusqu'au soir. Je me souviens, il pleuvait. Il pleuvait très fort, même. Autour de nous, tout avait disparu. Il n'y avait que toi, notre petite lumière. »

Jean était apparu au pied du portail de l'établissement, avait salué Camille qui trottait déjà loin, une fleur à la main. Avant qu'il n'interrompe tout à fait la confidence de son père, ce dernier s'était penché et avait murmuré : « Un jour, il y aura un garçon pour toi. Mais tu sais, même si tu l'aimes, je suis sûr qu'il ne t'arrivera pas à la cheville. »

*

« Je rentre au couvent dans une semaine », avait-elle articulé. Plus tard, elle s'efforcerait d'oublier l'hébétude de leur expression. « Je vous aime », avait-elle ajouté.

« Je vous aime très fort. » Axelle avait espéré que ces déclarations, si rares d'habitude, épongeraient leurs larmes. Devant la franche stupeur de ses parents, le visage blême de son père, elle avait eu l'impression de les avoir pris par surprise. « Tu as été appelée par Dieu ? Mais depuis quand tu as ça en tête ? » L'interrogation l'avait saisie. Même si elle n'en avait jamais parlé, cela n'avait pas été un secret. Elle avait grandi ainsi, en sachant qu'elle serait religieuse. Elle s'était habituée à l'idée de sa vocation, persuadée que son évidence s'imposerait à l'esprit de tous.

« Mais Axelle, franchement, qu'est-ce que tu irais faire dans un couvent ? Comment tu peux avoir envie d'une vie pareille ? » avait insisté son père. Elle ne le connaissait pas si pressant. Lui ne la connaissait pas si intrépide. Il avait scruté sa fille, surpris de ne plus voir la tranquille mélancolie qui, d'ordinaire, habitait son regard. Le rêve et les songes dans lesquels elle aimait tant se perdre avaient disparu. Elle était désormais déterminée, farouchement convaincue. Faute d'arguments, il l'avait prise dans ses bras. « Je ne comprends pas... C'est le monde qui ne te plaît pas ? » La joue écrasée contre le buste de son père, Axelle s'était perdue dans l'odeur familière de son pull de laine. « Tu peux tout me dire. » Axelle avait hésité et son père avait compris. C'était maintenant qu'il pouvait la retenir. « C'est ma faute ? Il y a quelque chose qui te fait peur ? » Une prière l'avait empêchée de répondre. Axelle avait supplié Dieu. C'était une épreuve, c'était leur épreuve. Ils souffriraient mais tout cela était juste.

Axelle s'était persuadée de ceci : s'il la suppliait, c'est qu'il savait qu'elle était décidée. Qu'il en serait ainsi et qu'elle avait fait le bon choix. « Ne pars pas. » Elle s'était alors écartée. « Je suis déjà partie. »

*

Ce qui frappe et ne cesse de frapper Jeanne depuis son arrivée, c'est l'immobilité du couvent. La bâtisse est ancestrale, bien sûr, mais il y a autre chose. La promesse que rien ne s'effondrerait. La pierre est blanche, irrégulière mais solide. Les arbres du jardin, des platanes, des chênes et un sombre pin, sont robustes. Ancrés dans un sol qui ne compte plus ses années. Les colombes naissent, vivent et meurent, mais elles restent blanches. L'abeille d'hier est la même qu'aujourd'hui. Toutefois, rien n'est parfait. Il y a même quelques contradictions : les rosiers empiètent le territoire des tulipes ; les marguerites jaillissent, nombreuses par endroits, et rares à d'autres ; parmi les dix buissons qui encadrent la fontaine et les bancs, il y en a toujours un qui pousse plus rapidement que les autres. Mais il y a un bout d'éternité dans chacune de ces maladresses. Se promener dans les allées des cloîtres, dont les voûtes tiennent depuis deux siècles, portant sur leur dos rocheux un édifice de bois, c'est éprouver une forme d'éternité. La vie de Jeanne, comme celle des autres religieuses, est ici. Cela ne fait aucun doute. Évidemment, le tableau, sans elle, aurait continué de fleurir. La place de Jeanne n'est pas une chaise vide qui attend d'être occupée. C'est Dieu qui l'a amenée ici. Avant, Jeanne n'existait pas.

*

Les dortoirs s'étendent à l'est. Il faut traverser une cour tapissée de feuilles en automne, éclatante l'été, absolument grise en hiver, pour rejoindre la cantine. Au sud se trouvent les salles de classe et au nord, le jardin, le cloître et les chambres des religieuses. Enfin, le cœur du couvent : la chapelle. Plus muette que muette, le bruit y est davantage un écho. Un pas, un bréviaire que l'on pose, les murmures d'une prière. Lorsque Jeanne s'y rend, elle interroge le visage impassible des religieuses qui sont assises. À quoi pensent-elles ? Que veulent-elles ? Que demandent-elles ? Les plus âgées ne s'agenouillent plus. Jeanne espère qu'elles aussi étaient autrefois dissipées, et s'en veut d'être si volage.

Les années ont figé les sœurs. Certaines sont parvenues à atteindre une innommable paix. D'autres bataillent encore. Quoi qu'il en soit, leur expression est la même : les yeux fermés, le front contre les mains qui nouent une prière. Si bien qu'un spectateur crédule serait bien incapable de différencier une religieuse abattue d'une religieuse bienheureuse. Il n'y a que le vernis. Et si, sous la surface, le chaos tremble, il tremble silencieusement.

*

En fin d'après-midi, les élèves jouent à s'éclabousser. Le lac a la couleur des feuilles que le bois recrache. Jeanne, partie les rejoindre, a les mêmes gestes que ces filles dont elle a presque l'âge. Elle rit à leurs plaisanteries et anecdotes qu'elle comprend davantage que la bizarre austérité de la communauté. Un peu étourdie, Jeanne n'est pas consciente de l'étonnement des élèves, si peu habituées à tant d'enthousiasme de la part de leurs aînées. Il y a quelques années, Jeanne aurait peut-être été leur amie. C'est tout naturellement que les indiscrétions fusent. « Pourquoi vous avez choisi de vous enfermer dans un couvent ? » La mesure de ses réponses rompent avec sa légèreté primitive. L'adolescente devient alors adulte, cache sa spontanéité et adopte un ton solennel.

« J'ai toujours su que Dieu m'appelait. J'étais encore petite quand j'ai reçu cet appel, au fond de mon cœur. Il a mûri au fur et à mesure des années, je l'ai partagé avec le prêtre de ma paroisse qui m'a, en temps voulu, guidée vers différents ordres religieux. Je suis arrivée ici l'année dernière, j'ai vécu parmi les sœurs le temps de quelques semaines. J'ai su que mon bonheur était ici. »

Son irrésistible assurance suscite la curiosité de son auditoire. Il y a, en effet, une évidence chez Jeanne. Assise, entourée de jeunes filles, la scène est presque évangélique. De loin, Sœur Anne assiste au spectacle, frappée par l'apparente paix du visage de sa postulante, et médite sur sa propre condition. Avait-elle déjà connu une pareille tranquillité ?

Chaque jour qu'elle passe auprès de Jeanne fait naître de nouvelles questions. La certitude de sa postulante, son irrépressible besoin du ciel butent contre l'hésitation constante de la religieuse. Elle comprend que sa souffrance vient de ne plus savoir se donner. À la vie communautaire, elle préfère les marches silencieuses. Les autres religieuses l'avaient accepté et l'avaient laissée à ses solitaires activités. Un abandon qui provoque chez Sœur Anne une tristesse incompréhensible : d'un côté, elle est heureuse d'être isolée. De l'autre, elle leur reproche de ne pas vivre son calvaire. Ou du moins, de ne pas avouer qu'elles ont, pour certaines, connu le désert.

Contrairement aux dames du couvent, Jeanne est vide de jugements. Avide d'apprendre, elle n'éprouve envers la religieuse que du respect, de la même nature que celui que l'on éprouve auprès de ceux qui ont tout vu. Elle lui pardonne tout : ses écarts, ses moments d'absence, sa sévérité et son regard à la fois fasciné et agacé. Mais en fait, Sœur Anne est surprise par l'ampleur de sa responsabilité. Cette jeune fille qui se tient devant elle et qui attend tout. Que faut-il lui dire ? Pour l'instant, elle lui montre. Chacune des pièces qu'elles traversent, chacun des chemins qu'elles empruntent, est la preuve du travail discret des petites mains de la communauté. Le signe d'un dévouement dont la nature varie selon chaque religieuse. L'une allume les cierges de la chapelle par habitude, l'autre arrose les fleurs par amour, la dernière cuisine par ennui. Mais chacun de ces actes signe leur piété imparfaite.

« Je ne connais pas beaucoup d'endroits dans le monde où un tel don de soi est observable, argue Sœur Anne. Cherchez l'humilité, toujours. Votre petitesse fait votre grandeur. Vous n'êtes plus seule, vous faites partie d'un ordre tout entier tendu vers Dieu. Il est impossible de vous faire plus importante que vous ne l'êtes. »

L'éclat des yeux de Jeanne dénote une joie intense. Ce couvent que connaît si bien la religieuse est un trésor pour sa postulante. Peu à peu, elle y invente sa vie. Le soir, elle se le répète : « Je vis ici, désormais, et je suis heureuse. » La tranquillité de son esprit gagne le couvent. Celles qui l'approchent se souviennent de la raison pour laquelle elles sont rentrées. Rencontrer Jeanne revient à renouer avec sa vocation effacée par l'habitude. Sœur Anne, elle, apprend lentement à se soucier d'une autre, et sent poindre une forme d'affection dont le sentiment lui est si étranger qu'elle préfère l'ignorer.

*

« Les parents de l'élève se sont plaints. Vous nous mettez dans une situation infernale ! Qu'est-ce qui vous a pris ? »

La religieuse, assaillie par les plaintes de sa hiérarchie, était affreusement nerveuse. Son genou tremblait, elle se rongeait les ongles jusqu'au sang. L'« incident » avait fait le tour du couvent. Les parents des élèves avaient appelé, inquiets pour leur précieuse progéniture. Le sort de Sœur Anne avait à peine été évoqué. C'est de la gifle qui s'était abattue sur la joue d'une petite peste dont on se souvenait.

« Qu'est-ce qu'il vous arrive ? Vous étiez parfaite. »

C'était ce regret de Mère supérieure qui avait été le plus insupportable à entendre.

Quelle religieuse Sœur Anne avait-elle été ? « Parfaite » est le mot. Jolie, simple, musicienne, obéissante, patiente, professeur. Le plus bel ajout au couvent, son bijou le plus éclatant. Entrée à vingt ans contre la volonté de ses parents, quel admirable courage. Une sainte, certainement. Elle n'avait rien fui, croyait-on. Elle aurait pu faire tout ce qu'elle voulait, martelait-on. Cette femme, pensaient les religieuses, a volontairement renoncé à sa vie. Qui aurait bien pu croire que derrière ce beau visage se cachait une peur du monde ? C'était pourtant une évidence. Mais l'on avait décidé de voir en sa timidité une forme d'abnégation ; en son ignorance du « dehors », la volonté de connaître l'au-delà ; en sa parole rare, le désir de se faire petite pour mieux atteindre Dieu. Elle avait été parfaite, décidément. La petite frustration qui avait commencé à la narguer peu après ses vœux perpétuels, elle l'avait gardée pour elle et ne l'avait jamais confessée. Le désir orgueilleux de se voir affublée de responsabilités, et la déception de ne jamais les obtenir, elle les avait dissimulés dans la nuit là où personne ne pourrait les entendre. Le doute, le tout premier, qu'elle avait eu, l'avait terrorisée. Cela faisait vingt ans qu'elle était ici. Où était passée la joie des premiers instants ?

Il lui avait fallu être parfaite. Alors, Sœur Anne avait décidé que sa souffrance la rapprocherait davantage de Dieu. Elle s'était mis en tête d'écrire, chaque jour, des lettres à un inconnu qui ne les recevrait jamais. Elle avait écrit sur tout, elle avait écouté sa profonde solitude et lui avait donné une voix. Parfois, cette dernière prenait la forme d'un poème. D'autres fois, d'un chant. Elle avait tout inscrit sur des feuilles volantes qu'elle rangeait dans son bureau. Mais elle n'avait pas compris la rupture qui grondait en elle. Du danger de se poser des questions dont les réponses se ressemblent toutes : au fond, elle était lasse. Les pensées qu'elle s'était promis d'inscrire l'avaient, en quelque sorte, tenue éveillée. Le sens de la communauté, ses règles et sa routine... Elle s'en éloignait tout doucement. Le Père Martin, qui avait noté ces subtils changements, lui avait glissé quelques conseils. « Il vaut mieux parfois ne pas trop réfléchir. »

Elle avait obéi. Le jour, elle exécutait chacune de ses petites missions. Le soir, elle défaisait chacun de ses gestes et reconnaissait dans ses lettres que, en réalité, elle ne savait plus du tout ce qu'elle faisait ici. Certaines avaient évoqué une « dépression ». C'était davantage encore. Sœur Anne s'était penchée sur les dernières années de sa vie et avait questionné le choix, l'originel, qui les avait déterminées. Pendant ce temps, le monde tournait sans elle. Les nouvelles données par sa famille étaient de plus en plus rares. Son frère s'était marié et lui en avait voulu de ne pas être venue. Il avait raccroché quand elle lui avait dit : « J'ai prié toute la journée pour toi et ton épouse. » Son père avait ensuite disparu et, avec lui, les cartes postales qu'il lui envoyait chaque mois. Elle avait continué d'enseigner. Les élèves, indifférentes, vivaient intensément. Leur excitation adolescente l'avait fatiguée. Pire, la religieuse en avait été horrifiée. Elle avait alors giflé cette exubérante félicité de la jeunesse qui a encore tout à vivre, en pleine figure. L'élève était tombée à terre et s'était cassé le nez. Sœur Anne n'enseignerait plus.

*

« Jouez pour moi. » Jeanne s'exécute, et s'exécuterait encore. Chaque fois, avant que la leçon commence. « Jouez pour moi. » L'éclat des notes dans la chapelle. Les croches et les noires qui rebondissent contre le mur de pierre, sur le vitrail pétillant de couleurs, et jusque dans le corps de la religieuse qui, fascinée, regarde sa postulante composer quelque improvisation. La mélodie n'est jamais la même. Tout dépend du ciel. Son gris arrache un air inquiet, épais et lourd comme les nuages annonçant la pluie. Son bleu fait naître une joyeuse prière. Son blanc, une mélancolique ballade. Et toujours, cet étrange silence qui ponctue les morceaux. Un silence qu'elles attendent. L'écho, trop gourmand, ne sait pas se taire. La mélodie vibre encore, la voix de la religieuse la murmure. Jeanne garde les yeux fermés. C'est dans ce silence que, clandestinement, un aveu fleurit chaque jour. Tapie dans l'ombre, la religieuse rend grâce : enfin, elle n'était plus seule. Un mystérieux petit personnage, son « trésor » ainsi qu'elle la surnommait, l'accompagne. « Jouez pour moi. » Et Jeanne joue, éprise du sourire qui se dessine sur le visage de la religieuse aux yeux tristes. Leur secret, masqué par l'épaisse voix du violoncelle.

*

La cadence d'une journée est telle que Jeanne a parfois l'impression de parcourir le cadran d'une immense montre, sautant d'heure en heure, poussée par la petite aiguille des secondes. Il y a quelque chose de merveilleux à suivre le mouvement impérieux de la communauté. Le corps, une fois mis au pas, s'oublie. Il ne dort pas pour autant. Mais il est occupé : les tâches l'appellent, la cloche le convoque, la nuit l'invite au repos et les premières lueurs du jour l'éveillent. La rivière coule inlassablement : un torrent inédit est le signe discret du chaos. Ainsi, le corps, accoutumé à tout, devient naturellement plus sensible à la nouveauté. Sœur Anne voit son rythme perturbé par Jeanne qui impose le sien. Le monde de la religieuse, ceint d'une invisible barrière, connaît avec sa postulante ses premières brèches. De nouvelles discussions fleurissent, de nouveaux sujets apparaissent. Avant, elle regardait l'autre côté du monde avec envie et peur. Jeanne, sans le savoir, l'invite à rompre la clôture. La musique est leur outil. Elles trompent le temps, et adorent rire en clamant : « Nous sommes en retard pour le déjeuner ! » Elles courent alors comme deux petites filles, triomphantes. La religieuse se rappelle les balades à vélo avec son frère. Le souvenir, et l'effort, empourpre ses joues. Sa postulante la réconcilie avec une mémoire jusqu'ici négligée, et leur amitié grandit.

L'enseignement quotidien de la vie conventuelle est un tissu de vastes conversations, alimentées par les questions de Jeanne. L'initiation aux vœux est longue. S'armant de patience, la postulante écoute.

« L'obéissance ne revient pas à vous enchaîner à une série de règles, explique Sœur Anne. C'est la résilience du Christ que vous imitez, son obéissance jusqu'à la mort. Votre personne n'en est que grandie. Au lieu d'obéir à vos pulsions, vous les étouffez en vous mettant au service d'une cause plus belle. Votre cœur s'éveille alors. Librement, vous choisissez d'obéir. C'est une manière de résister à la marche du monde qui est bien indifférent au sort des autres. En obéissant, vous existez. »

Quand Jeanne ne se trouve pas aux côtés de la religieuse, elle discute avec les autres sœurs et collectionne leurs témoignages. Sa foi, chaque jour un peu plus affermie, s'épanouit dans un environnement ordonné. Mère supérieure guette, ravie de celle que toutes désormais surnomment « un trésor ».

Sœur Anne partage des astuces qui, selon elle, permettront à Jeanne de « ne pas s'effacer ».

« Déréglez votre montre, choisissez l'heure et rappelez-vous ce qu'à ce moment-là vous faisiez, enfant. À 16 heures, mon frère et moi mangions le goûter : le quart d'une baguette et une barre de chocolat. »

Parfois, la religieuse lui glisse des lettres sous la porte.

Je prie qu'un jour vous parveniez à trouver la paix sans perdre votre fougue. Que vous appreniez à douter sans défaillir. Que vous sachiez aimer sans regretter l'imperfection de votre amour. Gardez les yeux ouverts, chère Jeanne. L'éternité est partout. Le cœur d'une fleur cache son créateur. La beauté, dans notre monde, est le scintillement d'un diamant dont nous ne verrons jamais absolument l'éclat. Il faut attendre de mourir pour voir Dieu.

La postulante ne comprend pas toujours tout. Avec assiduité, elle relit ces notes, à la recherche du trésor qui se cache entre les lignes. Elle interroge la religieuse sur certains points. Et quand enfin elle comprend, la religieuse lui prend la main et dit : « C'est cela. C'est exactement cela. »

*

C'est la nuit. Elle respire avec peine. Les draps ont chevillé son corps et une peur familière s'est emparée de sa gorge. Sa trachée est un amas de nœuds, l'air s'engouffre dans les quelques passages qu'il lui reste. Elle appelle mais le couvent dort. Sœur Anne tape contre le mur et le bord de son lit. Ses pieds écrasent le matelas et les larmes l'oreiller. Sœur Irène, sa voisine de chambre, lui apporte un verre d'eau. C'est une vieille sœur qui connaît ces terreurs. Elle n'est pas surprise de voir que rien n'y fait. Les larmes couleront jusqu'au bleu du petit matin. À l'étage, Jeanne l'écoute.

L'heure défile, les pleurs ont cessé mais la postulante reste allongée sur le sol, l'oreille contre le bois qui grince, et guette. Les sanglots de Sœur Anne résonnent encore. Jeanne décide de tremper l'un des gants pliés dans son armoire et de la rejoindre. Les gonds crissent et elle croit réveiller la terre entière.

La religieuse est assise, dos contre le mur, couverte d'un châle. La petite fenêtre au-dessus de son lavabo est ouverte, une brise glaciale s'est engouffrée dans la chambre. Sœur Anne ignore Jeanne qui s'approche, s'assied et dépose le gant sur son front. La religieuse sursaute et s'enfonce un peu plus dans son lit. Jeanne a la naturelle délicatesse de ne pas la questionner. Elle avait compris. Quelque chose tire Sœur Anne de son sommeil. Des rêves, des cauchemars, des « incohérences », ce surnom qu'elle donne à des regrets qui la torturent et qu'elle ne comprend pas. La religieuse se promène la nuit, elle parcourt le jardin quand il fait trop noir pour rester dans sa chambre, et se confie. La vérité éclate au milieu des ombres qui dansent et en lesquelles elle se fond. Elle préfère la nuit parce qu'elle ne s'y cache pas. Elle la connaît par cœur. Ses recoins les plus sombres sont ses oasis. Ses silences la bercent. Ses étoiles la dérangent. Elle aime la pénombre absolue, épaisse, secrète. L'opacité, désormais, a un avantage qu'elle ne lui connaissait pas : elle permet à Jeanne de la suivre. Elles marchent dans le noir, persuadées qu'elles en sont la lumière.

Son front dégagé, ses cheveux brossés, la religieuse est étendue sur le lit. Jeanne a attendu qu'elle s'endorme. Elle entend le chant allègre des oiseaux et les colombes qui se réveillent. Dans une heure ou deux, la cloche sonnera, la communauté chantera les Laudes. La postulante embrasse Sœur Anne sur le front et ferme la porte de sa chambre.

*

Jeanne,

Je suis trop faible pour honorer notre leçon du jour. Cependant, j'aimerais que vous passiez un peu de temps, aujourd'hui, auprès des sœurs plus âgées. Discutez avec elles, même celles qui font la grimace. Les rides cachent une vie et je vous suggère de faire preuve d'indiscrétion tout en restant délicate ainsi que vous savez l'être. N'y consacrez pas plus de deux heures. Puis, allez dans la chapelle et méditez ceci :

La vie d'une religieuse est splendide. Notre cœur est comme mis à nu, l'Église découvre notre humanité et révèle ce qui en fait le miracle : le don de soi, l'amour démesuré dont nous sommes capables, la force que nos souffrances réclament parfois... Nous faisons ce pour quoi nous avons été faits : aimer.

Il est possible que cet élan magnifique que vous manifestez, et que je me plais tant à regarder, disparaisse à mesure de votre progression dans la communauté. Ainsi que les vagues se brisent à l'approche d'une plage, votre élan peut se dissoudre dans le sable de l'habitude. Il est possible que, un jour, les murs qui vous entourent, les religieuses que vous côtoyez, la chapelle et même la prière se fondent dans une routine que même votre jeunesse ne saurait supporter. Ici, nous qualifions cela assez pudiquement de « crise ». N'ayez pas peur lorsqu'une de ces crises adviendra et soyez rassurée : il n'y a là rien de plus normal.

Il n'y a pas non plus de formule magique ; la vie religieuse n'est pas un tapis de roses. Il vous faudra demander au Christ la grâce de « relire » votre vie à la lumière de son message. Vous aurez besoin d'un temps d'approfondissement. Certaines d'entre nous ont eu besoin de changer d'air. Je peux cependant vous dire tout de suite qu'il y a deux pièges que vous pouvez éviter : le premier est de vous enfoncer dans votre personne. Écoutez votre cœur, mais ne soyez pas égocentrique. Soyez lucide sur vous-même sans que cela devienne obsessionnel. Le second piège à éviter est le suivant : croire qu'une crise de la vocation est liée à une perte de la foi. Ne doutez jamais de l'amour de Dieu, c'est ainsi que l'on s'égare.

N'ayez pas peur du corps qui change et qui, à la suite d'une crise, guérit difficilement. Marchez vers le ciel. « Nous ne perdons pas courage et même si, en nous, l'homme extérieur va vers sa ruine, l'homme intérieur se renouvelle de jour en jour » (2 Co 4, 16). Votre âme est plus jeune que la jeunesse. Elle est ce que vous êtes, elle vous fait, elle a été conçue par l'éternité. Prenez soin d'elle car il y aura toujours quelqu'un pour soigner la douleur qui se voit. « Lorsque tu seras devenu vieux, tu étendras les mains et c'est un autre qui nouera ta ceinture et qui te conduira là où tu ne voudrais pas » (Jn 21, 18). Merci d'avoir noué la mienne, hier soir. À demain.

*

« Jouez pour moi. » On jurerait la mélodie de Jeanne née de cette clairière. La religieuse se repose, assise sur un banc, à côté de l'imposant crucifix qu'elle a tant contemplé. Ce Christ de pierre accablé, cloué, dont elle a cherché le regard. Le violoncelle a la même peau que l'écorce des arbres et ravive cet endroit inerte. Sœur Anne croit entendre l'euphorie des premiers temps. La joie de la paix recueillie en le chant d'un psaume et le secret d'une prière. Alors, elle souriait, ravissante. Un jour, elle pleurerait, et la chapelle aurait le goût du sel. Jeanne avait le même sourire terrifiant de beauté et, dans les yeux, la conviction d'être aimée. Sœur Anne aurait pu l'envier ; au lieu de cela, elle l'adorait.

Jeanne se sait être un trésor. Quand elle le peut, elle joue et console sa religieuse. C'est un acte d'amour. L'automne est venu et, avec lui, le choc de deux mondes. Naturellement, leur duo voit l'avènement d'une étrange saison. Pour l'une comme pour l'autre, il y a quelque chose à explorer. Elles font le mur. Jeanne compose une mélodie, Sœur Anne la chante. Elles quittent le bois et, le temps d'un après-midi, parcourent un pays neuf.

« Nous voilà auprès de Dieu, murmure Sœur Anne. Que ces quelques notes nous surprennent, prie-t-elle, la paume contre le buste de l'instrument. J'avais oublié à quel point c'était beau. Je ne pense pas qu'il existe deux personnes plus heureuses que nous, maintenant. »

*

Jeanne,

Nous avons passé l'après-midi en musique et je rends grâce à Dieu pour ce temps. On pourrait croire ces instants futiles mais ne cédons pas à cette facilité. La vibration de votre instrument, votre souffle qui expire l'effort d'une mélodie, le crin de votre archet contre la corde et la beauté que vos mains créent. Tout cela forme un miracle. Il y a quelque chose du divin que nous trouvons en la douceur d'un chant, et que les anges ne connaîtront jamais. Bonne nuit.

*

« Je ne vous demanderai pas de me donner les détails de votre vie amoureuse passée, avant que vous intégriez notre communauté. Je sais votre conscience assez lucide. Veillez simplement à ne pas étouffer ce que vous avez connu, votre expérience, toute votre expérience est à prendre et à laisser aux pieds du Christ. »

Sœur Anne articule froidement, assise au fond de l'un des deux fauteuils qui occupe la pièce dans laquelle elles se retrouvent tous les matins. Au loin, la fontaine qui pétille, les pas sur le marbre des couloirs. Jeanne a les yeux rivés sur son cahier, attentive à la leçon du jour.

« Vous connaissez le vœu de l'obéissance. Nous allons désormais parler de celui de la chasteté. Que pouvez-vous m'en dire ?

– C'est faire la promesse de ne pas entretenir de relations charnelles avec quelqu'un.

– La continence parfaite, voilà la règle. Mais qu'est-ce qu'elle signifie ? Pourquoi existe-t-elle ?

– Elle sert à aimer Dieu.

– En fait, la chasteté libère le cœur de ses émotions. »

Jeanne note.

« La chasteté impose à votre corps une nouvelle manière d'agir. Vous apprenez à aimer sans posséder. Dans le monde, dehors, comment aimons-nous ? Nous faisons l'amour, c'est tout naturel. Avec cela, vient un danger : celui de croire que l'autre nous appartient, que nous disposons de lui, que nous le dominons. Mais ici, Jeanne, qui aimez-vous ? Quel corps aimerez-vous ? L'observance de la continence impose un amour total de Dieu, une relation quotidienne, presque immédiate avec lui. Il ne s'agit pas de compenser un manque. Il faut apprendre à aimer l'amour même. Il vous faudra toute une vie. Il faut aimer follement mais avec raison, il faut aimer religieusement sans pour autant que le cœur s'endurcisse. Ne pensez pas que cette fidélité et cette pureté s'accompagnent de l'anéantissement du corps. N'allez pas le nier, vous risqueriez de faire preuve d'égoïsme et de froideur. Or, l'autre, vos sœurs, ceux que vous rencontrerez auront besoin de votre présence physique. Sachez partager la joie et la tristesse, sachez rire et pleurer. Un jour, quelqu'un aura besoin de déposer en vous une confidence en espérant votre conseil. Vous ne pourrez pas mimer l'altruisme. Alors, que ferez-vous ? Vous écouterez avec vos oreilles, regarderez avec vos yeux, consolerez avec vos mains et conseillerez avec votre bouche. Le vœu de la chasteté doit être observé avec humilité. Ne soyez pas fière de constater que vous observez parfaitement ce vœu. Vous pourriez un jour être surprise d'éprouver la force d'un sentiment, une forme de désir même. Or, vous n'êtes qu'humaine. Si vous ne l'étiez pas, ce vœu n'aurait plus de sens. »

*

La toux familière du Père Martin, la silhouette noire de son dos voûté, assis sur une chaise en attendant la prochaine confession, le parloir stérile et immobile... Sœur Anne entre dans une pièce qu'elle déteste, épaisse de souvenirs et de rencontres pénibles, les doigts noués autour de son chapelet.

« Bonjour, mon Père.

– Ma fille, asseyez-vous je vous en prie. Comment allez-vous ? »

Elle a les yeux injectés de sang.

« Vous dormez toujours aussi mal ?

– Je vais mieux, mon Père, je vous assure. Les nuits sont parfois difficiles mais je ne fais plus de cauchemars.

– Racontez-moi.

– Je crois retrouver un peu de lumière. Mère supérieure m'a confié le postulat de Jeanne...

– Oui, bien sûr.

– Elle me ravit. J'ai l'impression d'emprunter un nouveau chemin à ses côtés. Elle rayonne et c'est comme si ce qu'elle regardait se transformait en or. Je redécouvre la beauté de notre bois, de notre chapelle et de notre communauté. »

Elles veillaient l'une sur l'autre et se débrouillaient pour se retrouver coûte que coûte. Qu'il s'agisse de passer le balai, faire la vaisselle, nettoyer les classes, surveiller le dortoir, ou préparer la chapelle... Le duo faisait partie du paysage. Quelques religieuses s'étaient interrogées, certaines s'étaient plaintes et d'autres avaient été heureuses de voir une si belle entente. Une communauté, ça prie mais ça bavarde aussi. Les opinions de chacune avaient été entendues par Mère supérieure qui y avait accordé peu d'importance. Elle n'avait vu que la parfaite intégration de Jeanne. La postulante et la religieuse, indifférentes aux murmures du couvent, avaient continué de se découvrir. L'une semblait demander : « D'où viens-tu ? » quand l'autre répondait : « Je suis là, et c'est assez. » Un secret soleil naissait.

« Est-ce de l'amour, ma fille ? demande le Père Martin.
– Oui, mon Père. Je l'aime comme on aimerait une petite sœur ou comme une mère aimerait sa fille. C'est inexplicable. Toutes les comparaisons du monde ne suffiraient pas à vous faire entendre la manière dont je l'aime. Elles seraient chacune à la fois justes et inexactes. Toujours insuffisantes. Je l'aime d'un amour qui ne se nomme pas. »

*

« J'ai parfois peur pour vous », confie-t-elle.

Les religieuses regardent le journal de 20 heures, Sœur Anne s'est mise à l'écart. Jeanne l'a rejointe et s'est assise à ses côtés, sur le muret.

« Vous êtes pleine de bonne volonté et je suis admirative. Vous brûlez de joie, Jeanne. J'aimerais que cela ne cesse jamais. »

La postulante, qui, l'hiver approchant, avait vu pour la première fois les allées du bois couvertes de givre, reconnaît désormais aisément les premiers signes des « crises » de Sœur Anne. Elle lui saisit le bras.

« Ne vous en faites pas pour moi, ma Sœur. Respirez. »

Jeanne s'étonne de la minceur de son poignet, du bleu de ses doigts mordus par le froid.

« C'est moi qui ai peur pour vous. Vous mangez correctement ? »

Ces questions étaient récurrentes. « Mangez-vous bien ? », « dormez-vous profondément ? », « avez-vous marché un peu ? ». Par pudeur, Sœur Anne n'y répondait jamais. Alors Jeanne n'insistait pas et attendait que l'orage passe. Ce soir, Jeanne l'entend de loin. Il est sur le point d'éclater. La postulante porte sa religieuse à bout de bras, l'amène dans la chapelle et lui joue un morceau.

« Posez votre main sur mon cœur. »

Sœur Anne plaque sa main sur le bois du violoncelle tandis que la postulante le fait chanter.

Consciente d'être observées, Jeanne veillait toujours à ce que la « crise » éclate à l'abri des regards indiscrets. Elle entraînait ce corps fragile jusque dans la clairière ou dans l'ombre de sa chambre. Leur séparation était, et pour l'une et pour l'autre, inenvisageable. Sœur Anne dépendait de Jeanne, et Jeanne dépendait de Sœur Anne. Lorsque Mère supérieure la questionne, la postulante répond brièvement : « Sœur Anne va très bien, nous avons discuté des talents que Dieu a bien voulu m'offrir, ce matin... » ; « Nous nous sommes promenées jusque dans le bois pour prier au pied du crucifix » ; « Nous avons nourri les colombes et il nous a semblé que l'une d'entre elles était malade »... Les prétextes s'amoncelaient et, bientôt, il n'y aurait plus rien à dire. Heureusement, le sourire que donnait la postulante à sa religieuse suffisait à éteindre les suspicions et à convaincre la communauté que Sœur Anne « allait mieux ». La nuit cependant, Jeanne dormait les oreilles grandes ouvertes, à l'affût du moindre appel à l'aide.

*

Jeanne,

Je crains que, en m'ayant confié votre postulat, on ne vous ait imposé la tâche, inattendue, de vous occuper de moi. Vous avez été parfaite. Vous mûrissez spirituellement, vous grandissez et vous n'êtes plus la jeune femme des débuts. Vous avez accepté une mission qui n'aurait pas dû être la vôtre. Pardonnez-moi car mes faiblesses en sont à l'origine.

Il y a quelque chose d'insensé à faire don de soi. Après vingt ans de vie religieuse, je ne suis pas encore certaine de saisir tout à fait la beauté d'une telle existence. Il y a, au début, l'appel de Dieu. L'erreur est de penser qu'y répondre suffit. Après réflexion, il me semble que ce que nous entendons d'abord n'est pas un appel entier et pur. Voyez-le plutôt comme l'écho d'un appel vers lequel vous devez vous diriger tout au long de votre vie religieuse. Cheminez d'écho en écho, fructifiez votre foi d'épouse du Christ et écoutez, pas à pas, cet appel. Entendez à quel point il gonfle, s'enrichit, se complète à mesure que vous avancez vers lui. C'est, enfin, au soir de notre vie que nous l'entendrons absolument.

Je vous ai laissé un ouvrage plus complet sur l'histoire de notre communauté. Il est important que vous le lisiez. Si vous avez la moindre question, notez-la dans votre cahier et nous en discuterons. Bonne nuit, cher trésor.

*

Sœur Anne n'avait jamais éprouvé le silence d'un jardin. Celui de la maison mère connaît la brise qui s'engouffre et ondule entre les murs du cloître, comme de l'eau piégée dans une bassine. Il y a toujours une ou deux religieuses chargées de tailler le buisson de roses ou d'arroser le parterre de fleurs. Un enfant, en visite, peut y faire rouler un ballon. La cloche, annonçant l'arrivée du boulanger, retentit. Tout vit discrètement.

Celui du couvent en Espagne était absolument vide. Les religieuses, trop âgées, l'avaient laissé se défendre face à un soleil d'été trop en avance. L'herbe était sèche et la terre roussie ; les arbres de l'allée qui menait à la statue de la Sainte Vierge comme figés par la chaleur, leurs feuilles, inertes ; seuls les insectes bruissaient. Ce matin-là, elle avait reçu deux lettres. La première était du Père Martin, elle ne l'avait pas ouverte. La seconde portait la signature de Mère supérieure qu'elle verrait dans quelques jours. Au fond de sa poche, son chapelet autour de ses doigts. La religieuse avait prié. L'isolation lui avait apporté une forme de sérénité mais aussi, le sentiment de renouer avec la femme qu'elle était et qu'elle avait laissée sur le quai vingt ans plus tôt.

Ses journées étaient désormais déstructurées, ses habitudes rompues. Le temps avait étouffé la routine. La communauté, autrefois son refuge, lui était dorénavant insupportable. À présent qu'elle s'en était extraite, « le temps de retrouver le chemin vers Dieu » ainsi que lui avait promis Mère supérieure, elle se sentait étrangère au monde entier. Avait-elle fait semblant ? Avait-elle été appelée ? D'où venaient toutes ces questions et quand étaient-elles apparues ?

Son père était mort, elle l'avait compris. Elle s'était habituée à ne plus voir son visage, elle supporterait son absence définitive. La perte avait cependant déformé sa prière. Désormais, chaque génuflexion lui rappelait cette nuit de deuil. Sa foi avait vacillé en même temps que la disparition de son père. Son cœur s'était brisé et, pourtant, elle avait tenu. Sœur Anne avait collé un sourire sur son visage et s'était rassurée : « Papa est au ciel. » Mais ses yeux l'avaient trahie. On y avait lu une forme de défiance.

« Ma Mère, et si je m'étais trompée de vocation ?

– Ma fille, je ne vous dirai pas que vous êtes faite pour la vie religieuse. Je ne vous dirai pas non plus que vous ne l'êtes pas. Je dois aussi reconnaître que vous me posez une question à laquelle je n'aurai jamais la réponse. Le doute est un mal étrange. Le questionner est presque insensé. En réalité, le doute est multiple, il plonge ses racines dans de nombreuses origines. Vous avez vécu des choses qui, sans que vous le sachiez, ont creusé le doute. Une forêt de questions a poussé, vous voilà dans un labyrinthe dont vous cherchez le germe. La première graine. Elle n'existe pas. Il n'y a pas de première faute, vous ne vous êtes pas trompée qu'une fois. Vous avez répondu à un appel et, aujourd'hui, vous ne l'entendez plus. Le doute a pris le dessus mais il a toujours été là. Simplement, vous aviez jusqu'à présent choisi de croire qu'il existait quelque chose de plus fort. Vous avez fait un acte de foi. Il faut le renouveler.

– Je n'y arrive pas. Peut-être que j'ai bien reçu l'appel de Dieu et que je n'ai plus la force d'y répondre...

– Vous devez avoir confiance. Si vous n'avez plus la force d'y répondre, vous devez prier Dieu. Vous devez Le supplier, même. Si votre cœur Lui appartient toujours, vous discernerez le chemin qu'Il a dessiné pour vous. Sinon, Il n'est ni Dieu, ni Père. »

Il n'y aurait pas de réponse définitive, l'évidence des premiers temps s'est transformée en possibilité : Sœur Anne était *peut-être* faite pour la vie religieuse. Désormais, et parce que c'était comme ça, elle connaîtrait une succession de tempêtes. Il y aurait quelques trêves et, pour toujours, un chemin de croix. « On ne vous a pourtant pas promis le paradis », avait lâché Mère supérieure.

*

Aujourd'hui, elle a quarante ans et les yeux de Jeanne brillent sous le verger décharné de la gloriette. Le bois est tranquille. La rosée du matin, gelée, craque sous leurs pas, les dernières feuilles de la saison ont disparu et il n'y a plus qu'un soleil misérable pour tiédir ce paysage bleu. Plus tôt dans la matinée, la postulante a appris qu'elle étudierait pour être professeur de musique. Son rôle dans la communauté prend forme, il s'affirme. Jeanne était devenue l'étoile du couvent, s'entendant à merveille avec les sœurs plus âgées dont elle préparait le repas et lavait les quartiers ; et participant aux réunions administratives auprès des plus jeunes. Elle prenait part au temps récréatif réservé aux plus vives et faisait partie de la petite chorale en charge de chanter les offices de la journée. Sœur Anne avait reçu les félicitations de Mère supérieure, absolument satisfaite de leur jeune recrue. « Je vous retrouve un peu en elle. »

Tandis qu'elles se promènent, Sœur Anne savoure ces quelques instants avec Jeanne, qu'elle partage désormais. Sa postulante disparaît de plus en plus. Alors, la religieuse comble son absence par le souvenir de leur rencontre. Jeanne, elle, attend secrètement de la rejoindre, impatiente de retrouver une forme de tendresse.

« Puis-je avouer que vous m'avez manqué ? ose la religieuse.

– Vous aussi, ma Sœur. »

Comme chaque fois, leur conversation est pudique mais intime. Les petites choses ne les intéressent pas ; elles sont bien incapables de dire quelle couleur avait la préférence de l'une et quelle saison avait la faveur de l'autre. En fait, elles ne savent rien de l'une et de l'autre : combien ont-elles de frères et de sœurs ? Où sont-elles nées ? D'un commun accord, elles ont jugé ces informations futiles. Elles apprennent à se connaître en imposant un silence limpide. Le dialogue se limite à un enseignement, une prière commune ou un morceau joué dans la chapelle. La phrase, inespérée, n'est jamais énoncée gratuitement. Elle est un don. Parce qu'il y a tant à risquer dans le murmure d'une confidence, cette dernière est rare. Plus qu'un acte de confiance, elle est un acte d'amour qui naît en l'absence de mots. La religieuse, si laconique, tombe amoureuse de celle qui lui apprend à se confier. La postulante l'adore pour cela. Elles cultivent le secret de leur affection et cela leur suffit. Et toujours en silence. Lorsque l'une cède à la parole trop directe, cela blesse l'autre. « Je pense que vous êtes la seule qui me comprenne vraiment », avait un jour reconnu Sœur Anne. Jeanne, embarrassée, n'avait pas répondu.

« J'ai quarante ans, aujourd'hui.

– Oh, ma Sœur ! Joyeux anniversaire ! Il va falloir fêter ça !

– Nous ne fêtons pas les anniversaires. »

La cloche sonne.

« L'heure du chapelet. Allez-y, Jeanne, je dois surveiller les élèves. Priez pour moi. »

La postulante fait une légère révérence.

« Vous êtes dans ma prière, ma Sœur. »

Avant de disparaître.

« Et je vous y retrouve toujours », répond la religieuse.

Assise devant le crucifix, Sœur Anne imagine son cœur de la même couleur que la croix. La couleur des ruines. Elle sent poindre la chaleur d'une prière et ferme les yeux.

*

Jeanne,

Vous êtes ma prière. La solitude m'a conduite au silence et vous voilà à mes côtés. Alors que vous disparaissiez hier, j'étais seule avec Dieu et j'ai pu, enfin, Lui parler. Votre foi fortifie la mienne. Le monde a la couleur de votre espérance, il est éclatant et je le redécouvre avec enchantement. Si je pleure, je pleure le sourire aux lèvres.

Espérez toujours car le Seigneur ne vous abandonnera jamais. Vers qui, lorsque tout n'est qu'ombres et ténèbres, pouvons-nous nous tourner ? Il y aura toujours, dans notre chapelle, une bougie qui brûlera pour vous. J'y veillerai. Plus l'obscurité sera épaisse, plus vous la verrez. Approchez-vous, ne l'éteignez pas. Et ayez confiance. « Alors que j'avais le cœur aigri, les reins transpercés, moi, stupide, ne comprenant rien, j'étais comme une bête, mais j'étais avec toi. Car je suis toujours avec toi : tu m'as saisi la main droite, tu me conduiras selon tes vues, tu me prendras derrière la Gloire. Qui aurais-je au ciel ? » (Psaume 73) Il n'y a que Lui.

*

« Ils t'ont envoyée où ? ! » Jean avait hurlé au téléphone. La réserve de sa sœur l'avait rendu fou de rage. Elle était partie, elle avait quitté le pays et il ne le savait pas. Leur père était mort, leur mère ne parlait plus. La famille avait éclaté.

« En Espagne, d'accord, mais où ?

– Je ne sais pas. J'ai oublié.

– Mais comment tu as pu oublier ? Comment tu peux ne pas savoir où tu te trouves ?

– J'ai pris le train et un autre train et on est venu me récupérer en voiture, et je suis arrivée et j'ai dormi...

– Axelle. Demande où tu es, rappelle-moi et je viens te chercher. »

Le couvent espagnol, une grande maison, était muet. L'été n'était pas encore là et, pourtant, le soleil écrasait les habitants de ce village inconnu dans lequel la religieuse errait. Les autres sœurs dormaient, elle avait pu s'éclipser sans que la concierge, presque sourde, la voie. Les chemins étaient affreusement secs, Sœur Anne progressait avec difficulté, assaillie par la chaleur. Son voile se détachait, elle avait plaqué une main sur son crâne pour l'empêcher de s'échapper tout à fait. Le centre-ville était désert, les cafés fermés, les volets claqués, les habitants claquemurés. Elle avait senti une peur très infantile, une peur très ancienne, remonter en elle. La religieuse était absolument perdue et loin de tout. Ce constat n'avait aucun sens : comment s'était-elle retrouvée là, dans un village au centre d'un pays qu'elle n'aurait sans doute jamais visité ? Elle n'avait rien décidé. Elle avait subi et accepté d'être punie, quitte à disparaître du jour au lendemain. Mère supérieure lui avait promis qu'elle préviendrait son frère de son départ. L'absence de lettres ou d'appels lui avait fait comprendre que, en fait, il n'en savait rien.

Elle connaissait le numéro de Jean par cœur, elle l'avait appelé après des semaines d'angoisse et de nuits blanches. Elle avait éclaté en sanglots et l'avait supplié de venir la chercher. « Mais tu es où ? Je vais te rejoindre, mais dis-moi où tu es ! » Elle n'avait pas su lui dire et ce constat l'avait atterrée. Désormais, elle vadrouillait dans une commune étrangère à la recherche de son nom, comme un fou demande en quelle année il se trouve. À quelques mètres, un couple s'était précipité sur elle. Des touristes. Sœur Anne ne les comprenait pas, ils l'avaient amenée à l'auberge dans laquelle ils logeaient. Le réceptionniste l'avait toisée, non surpris de voir une religieuse dans cet état. « *Estas mujeres son raras* », avait-il soufflé. La religieuse n'avait pas compris, bien sûr, mais le regard de cet homme qui la détaillait l'avait figée. Il savait quelque chose. Il savait qu'elle n'était pas comme les autres, pas comme tout le monde. Elle était, à ses yeux, bizarre. Une espèce animale radicalement différente. Il était intimidant, cet inconnu. Ils l'étaient tous. Ils lui avaient parlé, avaient essayé de l'aider, mais elle ne les avait pas écoutés. Elle ne savait plus communiquer. Des cartes postales avaient été dispersées sur le comptoir, elle avait lu le nom du village qui barrait les photos vieillies de ce bout du monde. Puis, elle avait fui les ruelles sèches du village, filé jusqu'au couvent avec ardeur, convaincue que, bientôt, elle serait sauvée. Elle avait jeté des coups d'œil par-dessus son épaule, de façon à vérifier que personne ne la suivait. Mais qui l'aurait remarquée ? Il n'y avait qu'elle qui se savait prisonnière, personne n'était à ses trousses car tout le monde ignorait son existence. Une fois dans le parloir, elle avait composé le numéro de son frère et transmis son adresse. Le soir venu, et pour la première fois depuis son arrivée, elle s'était endormie.

Le lendemain, le téléphone avait sonné. « Sœur Anne, c'est pour vous. » Elle avait agrippé cet affreux combiné blanc et, d'une voix guillerette, s'était exclamée :

« Tu es en route ?

– Ma fille, c'est Mère supérieure. »

Il avait suffi d'une seule phrase pour que la religieuse devienne à nouveau un enfant. En l'espace d'une seconde, ses rêves de fuite s'étaient effondrés. Au fond, la religieuse n'y avait pas cru. Ces quelques heures de songe lui avaient été nécessaires pour, enfin, trouver un temps de repos. La possibilité d'une autre vie était un mirage auquel elle s'était accrochée pour tenir. Elle ne serait pas partie. Et s'il avait existé la plus petite des chances pour qu'elle se décide à franchir le seuil du couvent pour la dernière fois, cet appel de Mère supérieure venait de la réduire à néant.

Jean avait sonné à la porte. La concierge lui avait ouvert, il avait discuté pendant de longues minutes, puis crié. Il l'avait appelée et elle n'était pas venue. Sœur Anne s'était isolée au fond du jardin de sorte à ne pas le croiser. Ses hurlements lui étaient parvenus et cela avait suffi à la convaincre qu'il existait toujours un filet de secours. Ne pas venir à la rencontre de son frère avait été l'acte le plus cruel et le plus égoïste de sa vie. Elle en avait pleuré avant d'oublier ce malheureux épisode. Un « incident » de plus, c'est tout.

*

Le carrelage scintille de petites mèches blondes. Jeanne, assise au centre de ce halo doré, frappe sa jupe pour en ôter les derniers épis.

« Je ne me rendais pas compte à quel point ça avait poussé ! »

Sœur Anne balaie la pièce, sourire aux lèvres.

« Vous avez perdu cinq ans. »

Ce dimanche avait été doux. Après la messe était venu un temps de confession et d'adoration, puis, enfin, un après-midi de récréation.

La religieuse et la postulante avaient rejoint un groupe de sœurs découpant des petits bouts de papier sur lesquels on avait inscrit des citations de saints. Elles avaient ensuite préparé le goûter avec les plus jeunes élèves et s'étaient promenées jusqu'au bord du lac. Les moins frileuses avaient sorti les barques pour une ultime virée avant que les températures de novembre ne gèlent tout à fait le bois. Munie d'un panier, Jeanne avait cueilli les dernières pommes de la saison. La religieuse avait porté l'échelle et l'avait tenue fermement contre le tronc. Jeanne, au milieu des branches, avait tendu le bras pour décrocher le fruit le plus haut. Elles s'étaient ensuite assises et avaient contemplé le tableau d'un paysage éveillé par le rire d'enfants.

Sœur Anne se repose sur l'épaule de Jeanne. L'instant a le goût d'un souvenir. La nuit grignote les nuages lourds et quelques gouttes tombent.

« Mère supérieure a dit qu'il y aurait un orage cette nuit », souffle Jeanne.

Une bruine trouble la surface du lac. Au loin, une pluie franche frappe les arbres.

« Les filles ! Remettez les bâches s'il vous plaît ! », ordonne Jeanne.

La religieuse a les bras croisés, le visage enseveli dans une épaisse écharpe noire. Elle ne veut pas rentrer. Le chemin menant au couvent, piétiné par les adolescentes, s'est transformé en boue. Sur l'eau, le reflet du ciel est hideux. Le lac est une toile brouillonne d'un tableau qui, quelques minutes plus tôt, était encore cohérent et intemporel. La quiétude et les dernières feuilles orange se sont envolées. La religieuse a peur. Qui se souvenait d'elle ? Qui se souviendrait de Jeanne ? Quelque chose sévit dans sa gorge, ses mains tremblent.

« Passons sur l'autre rive... », murmure-t-elle.

Jeanne lui prend la main.

*

Parce qu'elles n'avaient pu rejoindre la prière des sœurs l'après-midi, Jeanne et Sœur Anne s'étaient promis un rendez-vous nocturne dans le couloir qui mène au dortoir. Elles se retrouveraient auprès du petit crucifix accroché au mur, habillé d'une tige de buis coincé entre deux échardes. Assises, elles prient, bréviaires en main. Du fond de la nuit s'élève un murmure qui tient éveillés deux cœurs fous d'amour. Tout bas, tour à tour, elles récitent l'hymne du jour. Leur voix s'est effacée, elles chuchotent. Elles lisent une parole de cristal, dictée par les croyants du monde entier, des mots dorés inscrits sur une feuille aussi épaisse que le givre qui couvre les pétales roses du cloître.

« Demain peut-être à l'heure du sommeil, Voleur de nuit, le Maître du soleil

Viendra lever les doutes et les peurs, Ami offrant le pain de ses douleurs, Le Pain de vie qui ne finit pas,

Pétri par Dieu au jour de la Croix. »*

L'une prononce un verset avant de tendre le suivant à l'autre. Elles partagent une prière, elles s'oublient, elles aiment.

---

* Office des Vêpres, hymne « Un jour viendra où Dieu se montrera ».

« Ce soir peut-être aux pas d'un inconnu, Nos yeux liront les routes de Jésus. »

Ce soir, peut-être, elles accueilleraient l'intime certitude que, entre elles et le ciel, il y avait le pont qu'elles venaient de bâtir. Il s'effondrerait, leur prière finie.

« Il est temps de dormir. »

Sœur Anne trace un signe de croix sur le front de Jeanne, avant de lui caresser la joue.

« Vous êtes un rayon de soleil. »

*

« Ma fille, voulez-vous aller mieux ? Vous ne mangez plus, vous ne priez plus avec les sœurs, vous restez dans le jardin ou vous disparaissez dans les bois. Nous nous inquiétons.

– Je ne sais pas quoi vous dire, mon Père.

– Avez-vous besoin d'un temps auprès de votre famille ? Je sais que le deuil de votre père a été difficile.

– Non, cela ne servirait à rien. Ma famille m'en veut de ne pas être allée à l'enterrement.

– Mère supérieure vous l'avait interdit ?

– Non. »

*

La maladie de Parkinson avait lentement transformé le physique de son père. Son dos robuste s'était peu à peu courbé. Il marchait à la manière d'un bossu, ses larges épaules voûtées, face contre terre, les yeux rarement levés au ciel. Les dégradations, discrètes et infinies, lui avaient été rapportées par Jean qui, chaque semaine, écrivait à Sœur Anne. Les tremblements empiraient, ses pas étaient de plus en plus lourds, le mécanisme du corps s'était ralenti. Il ne se plaignait jamais, alors que d'affreuses crampes lui arrachaient parfois une grimace, surtout le soir lorsque, au repos, il prenait un café avec son épouse. Ces dix dernières années, Sœur Anne l'avait vu deux fois. La première fois, c'était lui qui était venu au couvent. Le parloir était glacial, elle lui avait apporté quatre duvets pour le couvrir jusqu'au cou. Il tremblait et la religieuse n'était pas certaine de savoir si c'était dû au froid ou à la maladie. Lui l'avait trouvée belle et heureuse. Il avait pleuré. « Je te voyais parcourir le monde et conquérir les montagnes. Je te voyais aventurière et écrivain. Si tu es heureuse, et que nous nous aimons, je pense que c'est suffisant, non ? » Le soir même, Sœur Anne avait prié et avait vécu un court instant loin du couvent, dans un souvenir d'enfance. Les murs blancs et les poutres de sa chambre, le bord de son lit, les mains jointes, assise au milieu d'un vieux matelas au ventre mou. Son père venait de l'embrasser et, avant de s'endormir, elle l'avait confié à Dieu.

La deuxième visite avait été autrement plus difficile. De retour à la maison, la religieuse avait passé quelques jours en compagnie de ses parents. Son père était affreusement maigre, pâle, amorphe. Elle avait essayé de lui parler mais il s'était endormi. Les médicaments qu'il ingurgitait lui provoquaient des hallucinations. Le reste du temps, ils l'assommaient. « Ce traitement est en train de le tuer », avait gémi son épouse. Sœur Anne, désemparée, subissait le désespoir de sa mère. Son silence et ses reproches qu'elle taisait en se mordant la langue. Chaque fois qu'elle et sa fille se trouvaient dans la même pièce, elle grimaçait. « C'est ce voile... Qu'est-ce que c'est laid. Tu es en famille, tu n'as pas besoin de le porter. »

Sœur Anne l'avait rejointe dans le jardin. Elle s'était approchée à la manière d'un enfant qui s'apprête à avouer sa bêtise. Agenouillée, les mains dans la terre, sa mère l'avait ostensiblement ignorée. Elle ne lui aurait jamais dit mais, au fond, elle ne voulait plus lui parler. Sœur Anne s'était montrée insistante. « Maman... Tu ne peux pas continuer de m'éviter. » Elle avait lâché cette phrase molle, sans conviction. Une voiture écrasant le gravier annonçait l'arrivée de Jean. Sœur Anne avait contemplé sa mère qui s'était brusquement levée, essuyant ses mains et frappant ses sabots contre le sol. La présence de son fils l'avait comme éveillée. Elle avait trouvé le courage de parler.

« Je ne sais pas quoi te dire, Axelle. Je ne sais pas ce que je te reproche. En fait, pour tout t'avouer, ton départ ne m'a pas étonnée. Tu as toujours été une rêveuse. Tu as fui le monde et tu n'es pas devenue ce que nous imaginions. Beaucoup de parents le vivent, c'est normal... La seule différence avec toi, c'est que nous n'avons jamais vraiment compris ce que tu as choisi. On ne sait rien de ta vie, on ne sait plus rien de toi. Tu es partie, tu as décidé d'oublier que nous t'aimions. Je ne dis pas cela pour t'accabler. J'ai fini par t'oublier, je me suis accrochée à la petite fille que tu étais et que je connais. Ton père, lui, n'a pas réussi. Son souvenir de toi ne lui a pas suffi. Mais il t'aime tant. Il a accepté ton silence, il a cru en ton bonheur et il ne t'en a jamais voulu. C'est ton frère et moi qui avons subi sa tristesse, sa colère et maintenant, sa maladie. Pour ton père, tu n'es coupable de rien. Il répète que c'est sa faute, qu'il n'a pas su t'écouter. Il t'aime tellement qu'il ne voit pas ton égoïsme. Il ne remarque même pas que, de nos deux enfants, il n'y a que Jean qui s'occupe de lui. »

La religieuse s'est réfugiée dans un rêve. Elle a écouté la semonce de sa mère pour mieux l'oublier ensuite. Plus le reproche était violent et plus elle parviendrait à l'effacer de sa mémoire. Avec le temps, Sœur Anne avait fini par ne plus supporter les phrases directes et sans détour. Elle était habituée aux non-dits et aux murmures. Au couvent, un cri du cœur était voué à mourir avant même d'être formulé. Il fallait se contenir, rester digne. Le comportement de sa mère lui avait paru à cet instant vil et déplacé. Mais en réalité, ses mots l'avaient terrassée. Sœur Anne ne s'était pas aperçue que son frère l'avait retenue de tomber. « Maman, ça suffit. Arrête. »

*

« Avez-vous l'impression de ne pas avoir pu lui dire au revoir ? Pensez-vous pouvoir un jour vous pardonner ? »

La religieuse tourne la tête et pleure. Impuissant, le Père Martin la prend dans ses bras. *« Même si je marche dans un ravin d'ombre et de mort, je ne crains aucun mal, car tu es avec moi ; ton bâton, ton appui, voilà qui me rassure. »* Le lendemain, Sœur Anne partait en Espagne.

*

Chère Jeanne,

Je crois en la grâce d'une rencontre et me réjouis d'avoir croisé votre chemin. Je suis à mon bureau et j'aperçois quelques élèves indisciplinées, hors de leur lit. Je vois la nuit et le gris du jour à venir. Ici, les étoiles tombent en hiver. Nous ne les verrons pas avant quelques mois. Je vous écris et ne me souviens pas d'avoir été aussi heureuse. Bien que ma joie ait un parfum familier, je dois avouer qu'elle m'effraie parfois. J'ai le corps lourd et douloureux ; être à vos côtés me console. J'espère vous apporter autant. Pardonnez mon manque d'entrain parfois, et mes absences. Vous empruntez un chemin plein de lumière et je ne parviens pas toujours à vous suivre. Je connais déjà ses petites catastrophes, ses immenses bonheurs et préfère vous regarder de loin. J'ai connu votre fougue et ma lassitude, parfois, est aussi grande. Je prie pour qu'elle ne vous étouffe pas et espère votre allégresse plus durable que la mienne.

Voici Le Château intérieur *de Thérèse d'Avila, vous me l'aviez demandé. Je l'ai annoté, pardonnez l'illisibilité de certaines pages. Priez toujours avec moi, je me ferai trouver en votre cœur. Je m'arrête là, la nuit nous fait écrire les pires et les plus sincères des sottises. Bonne nuit.*

*

Le lait, onctueux, tournoie, manipulé par une cuillère en bois. L'eau des théières siffle et les cafetières frétillent. À la demande de Sœur Bernard, Jeanne prépare le pain et les œufs brouillés pour les élèves. Le calme matinal enveloppe la pièce, la chaleur des grille-pain et des cuisinières allumées réchauffe les petites mains au travail. Sœur Thérèse rassemble les pots de confiture et sort le beurre du frigo, Sœur Marie dresse les tables. Il y a des jours où quelques rires fusent, des taquineries et des plaisanteries. La maladresse de l'une provoque la plainte de l'autre et l'hilarité du reste. Il y a des jours où un naturel silence habite les cuisines et, avec lui, l'harmonie des gestes. « Tout roule », commente alors Sœur Irène. Jeanne pousse le chariot et la nourriture jusque dans le réfectoire où les élèves, un sourire vorace aux lèvres, l'accueillent. Les doigts plongés dans le panier à pain, elles préparent leurs couteaux, prêtes à gober leur petit déjeuner. Jeanne pousse un soupir. « Vous mourrez de faim, ici, mes pauvres chéries. »

Quatre tables plus loin, Sœur Anne la salue. Elles ne se sont pas vues aux Laudes, ce matin. Jeanne n'était pas sûre que la religieuse s'y soit rendue. « J'étais derrière vous », proteste-t-elle. Du chaos de ce réfectoire, cette unique voix la rassure. Le froid a blanchi le beau visage de la religieuse à qui l'hiver va si bien. Jeanne y lit l'indéfectible tendresse qui la rassure. La retenue de Sœur Anne cache une bonté indocile, un amour très humain. Jeanne approche cet amour entier qui n'a pas de nom. Tout à l'heure, peut-être, il aurait une mélodie. « Jouez pour moi. »

*

« Vous n'avez pas à être responsable de l'état de santé de Sœur Anne. »

Mère supérieure, ferme, guide Jeanne dans son bureau.

« Vous passez trop de temps avec elle, j'aimerais vous voir un peu plus dans la communauté.

– Oui, ma Mère.

– Je sais que vous cherchez à bien faire. Je sais que c'est également la volonté de Sœur Anne mais il faut veiller à maintenir un équilibre. La fraternité est bien sûr encouragée dans notre communauté. Mais elle ne peut mener à l'isolement de quelques-unes.

– Oui, ma Mère. Je comprends. »

Mère supérieure a l'air exaspéré et le regard inquiet.

« Sœur Anne est une excellente maîtresse des novices, vous en êtes la preuve. Je crains cependant que vous ne soyez davantage investie dans votre amitié que dans votre cheminement vers Dieu et l'approfondissement de votre appel. C'était le risque : Sœur Anne n'a pas eu quelqu'un à qui parler depuis plusieurs années. Je me demande simplement si c'est la meilleure chose pour vous. Et je dis cela en toute affection.

– Ma Mère, l'amitié que nous avons est scellée par notre prière, notre approfondissement de la foi et notre recherche de Dieu.

– Jeanne, je préfère placer ma confiance en mon jugement. Et franchement, le vôtre ne me rassure pas. »

*

Tant qu'elle est discrète, l'amitié est tolérée dans le couvent. Celle de Jeanne et de Sœur Anne commence à faire trop de bruit, leur entente bouleverse l'ordre instauré par la communauté. Il y a comme une légère dissonance, suffisamment perceptible pour éveiller les remarques et les jacasseries. Leur duo, qui dans les premiers mois de sa formation avait ravi les religieuses, est devenu une cible, la raison ou la justification de certains désaccords. Le dîner n'est pas prêt ? « La postulante était en charge de le préparer, elle devait encore être avec Sœur Anne... » La chapelle manque de bougies ? « Évidemment, si Jeanne et Sœur Anne n'y passaient pas leurs après-midi à faire de la musique, je ne serais pas obligée de courir au grenier en trouver. » Les élèves sont indisciplinées ? « Sœur Anne devrait passer plus de temps à les éduquer qu'à se consacrer à la postulante. »

Noël approche et Jeanne apprend à vivre en étant épiée. Le jour, elle évite Sœur Anne, désolée de faire preuve de ce qu'elle considère comme une forme de couardise. La religieuse ne lui en veut pas ; elle connaît bien le mécanisme du couvent.

« Vous vous reposez trop sur Jeanne, lui reproche Mère supérieure.

– Pardon, ma Mère. Je vous assure que je fais de mon mieux. »

Religieuse et postulante font profil bas. Elles se retrouvent le soir sur le muret ou dans le couloir. La culpabilité qu'éprouve Jeanne à l'idée de désobéir à sa hiérarchie s'estompe une fois aux côtés de Sœur Anne. Elle a besoin de son écoute, de sa chaleur.

La nuit a fini par obéir à d'autres règles. Elle est devenue un temps de résistance. La religieuse et sa postulante en sont certaines, tant qu'elles sont ensemble, rien ne peut leur arriver. Pendant que les autres dorment, elles cherchent des réponses à des questions impossibles, elles travaillent à inventer un autre monde, et leur quête les entraîne vers une mystérieuse lumière que, seules, elles n'auraient sans doute pas aperçue.

Le 25 décembre, minuit sonne la naissance du Christ, et elles se rejoignent dans la chapelle une fois vide. Jeanne joue un air étouffé et merveilleux. Sœur Anne l'écoute, les yeux parcourant les notes d'une partition rédigée par sa postulante. La mélodie n'a pas de nom.

« À vous de le trouver, l'encourage Jeanne.

– Elle mérite tous les mots du monde », répond Sœur Anne.

La mélodie n'aurait pas de nom.

La religieuse lui tend une petite boîte de velours rouge.

« Je suis entrée au couvent avec. »

À l'intérieur, un chapelet aux billes nacrées.

« Je vous le donne. C'est tout ce que je possède ici, et c'est à vous. »

Jeanne porte le collier à ses lèvres et l'embrasse.

« Votre nom a connu chacun de ces grains », murmure la religieuse.

*

Elle fouille sa poche vide. Son chapelet est désormais avec Jeanne, elle l'avait oublié. Alors, elle joint les mains, les paumes moites et la mâchoire crispée. Le parloir a l'odeur de savon noir du Père Martin, le même que le sien. Ce parfum est sans doute le seul qu'elle peut encore flairer. Le reste est pâteux.

« Mère supérieure et moi en avons déjà discuté. Je laisse Jeanne s'occuper la journée et ne passe pas plus d'une heure avec elle par jour.

– Mais je ne vous parle pas d'elle, ma fille. Je vous parle de vous. Je ne suis pas certain que vous entreteniez un rapport sain avec votre postulante. Que vous ayez retrouvé le sourire, et peut-être même de l'espoir, grâce à elle, cela est bon. Mais...

– J'ai retrouvé davantage que l'espoir. J'ai retrouvé la foi.

– C'est bien cela qui m'inquiète. Êtes-vous capable de fructifier votre foi sans Jeanne ? On ne reste pas dans un couvent pour quelqu'un d'autre que Dieu. Jeanne ne doit pas justifier votre vocation. »

Le savon noir, le parloir, la fontaine au loin. Elle étouffe.

« En tant que directeur de conscience, je dois vous faire part de mes craintes. »

La religieuse ricane.

« Mon directeur de conscience ? Mais qu'est-ce que ça veut dire ? Vous croyez connaître la mienne ? Si c'était le cas, vous seriez sans doute horrifié de ce qu'il s'y trouve. Vous ne comprendriez pas. Mais allez-y, je ne cacherai rien.

– Qu'est-ce que je trouverais de si horrible ?

– Mes angoisses, ma culpabilité, la joie que j'ai d'être avec Jeanne.

– Dans ce que vous dites, je ne vous entends pas parler de Dieu.

– Alors vous êtes aveugle. Votre ignorance est cruelle. Encore une fois, je passe pour l'incomprise, la folle, l'inapte.

– Vous considérez-vous "inapte" ?

– Oui.

– Alors, comment pouvez-vous être certaine d'être sur le chemin de Dieu et de guider correctement votre postulante ?

– C'est parce que je suis inapte que je suis son meilleur guide. Ce que je lui offre, c'est une forme de lucidité. Cela ne peut que renforcer l'appel de Dieu que je crois réel chez elle. Je n'ai d'autre mission que de l'aider à se faire épouse du Christ. C'est ce pour quoi elle est faite.

– Et vous ? Vous êtes faite pour quoi ? »

*

Chère Jeanne,

Nous sommes-nous éloignées de Dieu ? Promettez-moi de partager vos craintes, si vous en avez, à propos de cela. Il y a en vous tant de mystère et de bonté. J'ai peur, parfois, de vous déformer. Comment être certaine de vous préparer correctement à la vie religieuse ? La mission n'est-elle pas trop grande ? Je m'en remets à Dieu, bien sûr. Mais je dois aussi me fier à mon jugement. J'espère être assez clairvoyante pour savoir que vous êtes appelée à donner votre vie, toute votre vie.

Je me suis promenée hier, sans vous. En votre absence, le bois jouait une autre musique. Il était si beau et si blanc que je n'aurais pas été étonnée de voir apparaître un ange. Tandis que je marchais, il me semblait que chacune de nos conversations remontait à la surface. La forêt était gorgée de mes souvenirs de vous. L'arbre contre lequel vous vous êtes appuyée, la clairière que vous avez foulée, le crucifix que nous avons prié. Nous donnons tant de nous-mêmes pour quelques éclats du ciel.

Je crois que, à vos côtés, j'ai appris à me quitter. Et cet oubli de soi m'a permis d'être absolument à votre écoute. Plus encore, il m'a permis de vous aimer. Est-ce, cependant, nécessaire ? Mon affection et notre amitié vous ont-elles permis de mûrir dans votre appel, d'aiguiser votre désir ? Ces questions m'ont accompagnée tout au long de ma promenade.

Je crois que j'ai d'abord cherché à vous connaître vous, avant de deviner la religieuse qui se cache derrière. Non pas votre histoire personnelle mais ce qui vous compose, ce qui vous définit. Quelles sont vos craintes et quelle est la nature de la lumière qui vous transporte ? En quoi espérez-vous ? Qu'avez-vous perdu ? Le temps de discernement qui nous est accordé doit nous permettre de parler de tout ceci. Vous devez vous connaître et je dois vous donner cette liberté, sans jamais céder au désir de vous influencer. S'il ne tenait qu'à moi, vous seriez déjà Sainte. Alors, soyez libre de connaître l'enfant de Dieu que vous êtes. Votre formation est en marche. Avant de devenir religieuse, il faut devenir une femme.

*

À son retour d'Espagne, la pièce est la même mais sa chambre est autre. Elle n'a plus la même odeur, elle sent une eau dans laquelle on a versé un peu de produit. Son lit a été fait, les draps ont changé de couleur. Le placard a été vidé et les images, photographies et dessins, décrochés du mur. On a retiré les rideaux, la fenêtre est absolument transparente. La porte n'a plus de verrou. Son bureau a été remplacé par une petite table blanche aux pieds métalliques. Elle n'a pas de tiroirs.

« Où sont passées mes lettres ? Et mon cahier ? Je les avais rangés dans mon bureau avant mon départ, demande Sœur Anne.

– Quelles lettres ? » répond Sœur Thérèse.

Assommée par la blancheur de cette chambre qui n'est plus la sienne, la religieuse s'assied sur le lit. Les tiroirs de son ancien bureau renfermaient autrefois sa poésie, ses productions secrètes qui, lorsque tout s'était effondré, l'avaient sauvée d'un dépérissement certain. Après quelques mois passés en Espagne, en compagnie de religieuses silencieuses et ternes, Sœur Anne avait eu l'autorisation de revenir. « C'est un nouveau départ, avait joyeusement lancé Mère supérieure. Laissez vos tracas en Espagne et revenez-nous toute propre. » Alors, la voilà propre. Blanchie, récurée, désinfectée. Purifiée comme cette chambre qui n'appartient à personne.

Peu à peu, la routine communautaire la rattrape. Les offices, la messe, les heures du repas, le temps de la prière, la récréation... Sœur Anne se réhabitue, trouve ses marques dans un endroit qu'elle connaît par cœur mais qui ne la reconnaît plus. Chacune a sa manière de l'accueillir. La religieuse a le droit au silence de celles qui la condamnent et au sourire des petites curieuses ; au regard interrogateur des plus discrètes et aux taquineries des plus mesquines. Toutes sont fascinées par « celle qui est partie ». Désormais, Sœur Anne serait l'autre. Une incohérence trop légère pour être rejetée mais assez bruyante pour être remarquée. Qu'elle soit seule ou en compagnie des religieuses, Sœur Anne a la sensation d'avoir commis une faute. On le lui fait comprendre car la voilà sans cesse pardonnée. « Vous êtes revenue, c'est ce qui compte », « Allons, il arrive qu'on se perde en chemin. Mais Jésus n'abandonne pas ses brebis »... Ces mielleuses consolations cachent en fait une semonce discrète : oui, elle était pardonnée mais la miséricorde des hommes n'est pas celle de Dieu. Les religieuses n'oublieraient pas.

Mère supérieure lui voue une attention toute particulière et lui confie assez de tâches le jour pour s'assurer de sa tranquillité la nuit. Privée d'enseignement, Sœur Anne est chargée de veiller à la bonne tenue du jardin. « Je veux voir fleurir des roses ! » ordonne Mère supérieure. L'accès au piano de la chapelle lui est limité. « Il est important que vous retrouviez un silence intérieur. » Son directeur de conscience l'accompagne deux fois par semaine, s'improvise psychologue parfois, et moraliste souvent. Sœur Anne s'éteint, parle si peu qu'elle sursaute au moindre bruit. Résignée, elle accepte avec une immense passivité ce que sa vie est devenue, animée par l'intime conviction que, de toute façon, cela ne durerait pas.

Elle se réveille tôt pour se perdre dans les bois et longer le champ de blé moissonné. Elle ne pense pas et n'imagine rien. Lorsque son ombre apparaît sur la route de campagne, elle sait qu'elle est allée trop loin. Qu'on la croirait peut-être partie pour de bon. Alors, elle trotte jusqu'aux portes du couvent, traverse le cloître et emprunte le couloir menant à la chapelle. C'est inutile, elle le sait. Les Laudes sont déjà passées. La chapelle est déserte et c'est alors qu'elle prie ou s'endort, à force de regarder danser la flamme d'une bougie.

*

Chère Jeanne,

Il y a peu, je suis partie me reposer dans l'un de nos couvents, en Espagne. Je ne souhaite en aucun cas que vous y soyez un jour contrainte. Cette lettre, je l'espère, pourra vous aider, quel que soit votre chemin.

Ce temps passé loin de celles qui, depuis des années, ont constitué ma famille, a été troublant. Je n'avais pas le sentiment d'avoir été abandonnée mais, plutôt, déracinée. Tout m'était étranger. Jamais ne m'étais-je sentie autant retirée du monde. J'ai commencé à me promener, espérant un signe. La désolation du paysage avait, à mes yeux, un sens. Ou était-ce ma perception qui le rendait si austère ? Qu'à cela ne tienne, le vide me renvoya à mon passé qui, si discret habituellement, me sauta à la gorge. La vision du train qui m'avait amenée à la vie religieuse, l'image d'une jeune femme sur le quai, cette jeune femme que j'étais et que j'aurais voulu agripper et serrer dans mes bras. « N'y va pas », lui aurais-je dit. Elle ne m'aurait pas écoutée, je le sais. Mais le désespoir dans lequel j'étais alors plongée m'aurait poussée à tenter ma chance.

Alors que les souvenirs m'assaillaient, je les reçus et je fis preuve de résilience, avant de les recracher dans ce paysage que chacun de mes pas construisait. Ma prière devint un cri de colère et, évidemment, le ciel se tut. Je m'habituai à l'obscurité et tâtonnai, à la recherche de mon sauveur. Les fleurs, l'herbe, les arbres et les papillons, gagnés par l'immense ombre qui m'entourait, finirent par mourir. Je ne reconnus même plus leurs couleurs. Leurs formes ne m'émerveillèrent plus, elles devinrent banales.

Un passage du livre d'Ésaïe me revint : « Je t'ai appelé par ton nom, tu es à moi. Quand tu traverseras les eaux, je serai avec toi, les fleuves ne te submergeront pas. Quand tu marcheras au milieu du feu, tu ne te brûleras pas, la flamme ne te consumera pas. [...] Ne crains pas, car je suis avec toi. » Mon nom m'était lui aussi étranger. Je crus l'avoir oublié tout à fait. « Axelle. » Seigneur, lui dis-je, j'ai oublié de te dire mon nom. « Axelle. » Il ne m'appela pas. Mais un prénom avait surgi du cœur de la nuit. Alors je suivis sa mélodie, je partis à la recherche de la jeune fille sur le quai. Je parcourus les couloirs lugubres et silencieux d'un immense château aux mille pièces, espérant la retrouver, prisonnière de quelque trouble ou souffrance. Je la trouvai partout. Une infime partie recroquevillée dans les multiples pièces de ce château, des sombres donjons aux lumineuses tourelles. Éparpillée, je ne sus la reconnaître. Qui était-elle ? Qui étais-je ?

Ce jeu de patience s'éterniserait, c'était certain. J'étais un puzzle mouvant. Je sus que celle que je cherchais n'existait plus. Alors, dans le noir, j'appelai un Dieu qui, je le savais, me répondrait. Je l'interrogeai comme j'aurais interrogé un amant. « Où est passée la nuit, la nôtre, celle que nous avons partagée lorsque je me suis donnée à toi ? » Son silence forma en moi un triste constat : « Cette nuit est ailleurs. »

Cette nuit d'amour avait existé. Mais l'amour était-il suffisant ? Le doute me rongea. M'étais-je trompée de voie ? Avec le doute vint une immonde question. Étais-je entrée au couvent par peur du monde ? Enfant, je ne m'imaginais pas y vivre. Étais-je entrée au couvent pour m'en extraire ? Alors, peut-être avais-je menti et mon mensonge avait dupé tout le monde : Mère supérieure, les religieuses, mon frère, ma mère... Tout le monde, sauf mon père. Lui, peut-être, savait. Sa mort vint me le rappeler. Le mensonge, face à Dieu, s'étiole. Mon père était parti Le rejoindre et le mensonge s'était révélé.

Suis-je faite pour la vie religieuse ? Je n'ai toujours pas la réponse, aujourd'hui. Mais, Jeanne, nous sommes à Dieu. Voilà une certitude qui doit vous ancrer et qui, il me faut vous le dire, ne suffira pas toujours à calmer votre peine. Et certainement pas à détruire votre doute. Mais c'est bel et bien une certitude, elle demeure.

Cette confidence met fin à l'un de mes derniers secrets. Il me reste vous. Vous êtes un secret magnifique.

Bonne nuit.

*

À l'arrière, la vieille religieuse s'est endormie. Sœur Marie-Lise est sans doute la femme la plus délicate du monde. Toutes le pensent. « Un cadeau du ciel », répète-t-on à longueur de temps. Elle a soixante-seize ans, mais c'est un secret que chacune dit tout bas. Car Sœur Marie-Lise est si bonne que sa disparition est jugée tout simplement impossible. Sans elle, à quoi ressemblerait le monde ? Jeanne et Sœur Anne doivent l'emmener à l'hôpital. « Elle est trop faible pour que je m'en occupe correctement. Il y a tout dans son sac, carnet de santé, vêtements », avait précisé l'infirmière. À peine entrée dans la voiture, blottie contre la portière et couverte d'un plaid, Sœur Marie-Lise s'est assoupie en écoutant le chant de Jeanne. Le moteur ronfle, ininterrompu, et les routes plates de la région s'allongent devant elles. Religieuse et postulante se déplacent comme dans un rêve, à peine conscientes de leur emplacement sur la carte. Jeanne se demande si Sœur Anne sait où elle va. Elle observe la blancheur de ses mains autour du volant. Elles sont si pâles. La matière se désagrège autour de Jeanne. Il n'y a que ces mains qui n'ont pas touché le monde, qui n'en connaissent pas la texture et le corps. La chair est fragile, si délicate, et les veines saillantes. Jeanne s'interroge. Si elle y enfonçait la pointe d'une aiguille, la peau cèderait-elle immédiatement ?

Les secondes, comme les lignes blanches qui bordent la route, se confondent. Le soleil s'est arrêté, il n'ira pas plus haut. Sœur Anne et Jeanne auraient voulu fixer cet instant. En elles naît l'idée folle d'une fugue. Il est possible de partir et de tout quitter, là, maintenant. Cette rêverie passagère leur suffit, elles la savourent. « Là-bas » existe mais il n'y a aucune raison d'y aller. Ensemble, elles étaient allées plus loin encore. Les possibles de l'extérieur leur paraissent bien pauvres. Quelle rencontre surpasserait la leur ? Elles s'étaient trouvées dans le plus beau des endroits et s'étaient reconnues. Combien de temps avaient-elles encore ? Combien de temps avant qu'on les sépare ? L'une comme l'autre savaient que ce temps viendrait trop vite. La fuite était possible mais elles rencontreraient une impasse. Leur rupture était inévitable. C'est dans les murs du couvent, cachées dans la paume du Dieu qu'elles adoraient, qu'elles se quitteraient. C'est là qu'on romprait leur mystérieux lien. Au fond, cela n'avait pas d'importance. La mémoire de leur amour crépusculaire suffirait à supporter son déclin. Les souvenirs seraient leur lumière, une lumière blême et faible, qui les guiderait dans le noir. « Que retient-on de la nuit ? », lui a un jour écrit Sœur Anne. « L'aurore », a répondu Jeanne.

« Je voudrais que notre balade ne s'arrête jamais », murmure Sœur Anne. Jeanne allume la radio, une multitude de mélodies étrangères éclate. La postulante en reconnaît quelques-unes, ce qui ne manque pas d'étonner la religieuse.

« Mais ce n'est pas de votre génération ! »

Jeanne chante, imite les gestes extravagants de l'interprète, et la religieuse rit.

« Vous allez réveiller Sœur Marie-Lise !

– Ma Sœur, vous savez bien qu'elle est sourde comme un pot ! »

Elle change de station et des voix inconnues racontent l'état du monde, les mœurs d'une société qu'elles ne comprennent pas, les prouesses technologiques dont elles se moquent, les polémiques déjà entendues, répétées, digérées, recrachées. Elles singent le ton des orateurs et faussent leur sérieux. Le voyage est une longue récréation. Les panneaux indiquent qu'elles se rapprochent de la ville. Les ronds-points interrompent la raideur de la route départementale, quelques passants dérangent leur solitude. Il faut se concentrer, suivre avec minutie les directions données par Jeanne dont le nez suit les lignes d'une carte qu'on a trop pliée. Un coin se détache, la route rouge qu'elles doivent suivre plonge dans le vide.

« Je vais trouver, la rassure Sœur Anne.

– Nous sommes arrivées ? bougonne Sœur Marie-Lise.

– Oui, ma Sœur, encore quelques minutes. »

Elles la déposent à l'entrée, un docteur lui prend le bras et la conduit jusqu'au fond d'un couloir que Jeanne et Sœur Anne n'ont pas le droit d'emprunter. La vieille religieuse se tourne et leur adresse un sourire.

« On viendra vous voir, ma Sœur ! » lance Jeanne.

*

Elle aimait enseigner et, depuis son retour d'Espagne, elle n'espérait que cela. Retrouver ses élèves, repérer celles qui avaient travaillé et taquiner celles qui avaient préféré s'amuser. Sœur Anne reconnaîtrait quelques visages familiers. Les visages intemporels de jeunes filles en fleurs bruyantes, maladroites et charmantes. Les yeux bleus de l'une, les taches de rousseur de l'autre ; la frange décoiffée de la première et la chemise froissée de la seconde. Ces filles lui apportaient un vent de fraîcheur, elles venaient d'ailleurs. Entre elles, elles ont d'étranges conversations. « Peut-on tomber amoureuse à un très jeune âge ? » ; « Comment garder la foi en dehors du couvent ? »... La religieuse a une réponse, quoique théorique, pour chacune de ces interrogations. Même pour la suivante : « Où étiez-vous partie ? »

Elle enseignait le français mais ce n'était pas une littéraire. Sœur Anne était mauvaise en sciences et mauvaise en économie. Alors, la Mère supérieure de l'époque lui avait demandé d'étudier la littérature. Elle était devenue professeur de français en charge de la classe de première. Le soir, elle préparait ses cours et ce, toujours de la même façon, prenant exemple sur les leçons de l'an passé. Les mêmes méthodes d'enseignement : connaître les mouvements littéraires, les principaux romanciers et poètes. Quelques pièces de théâtre et peut-être une nouvelle ou deux. Le tout, sans passion. Les livres, entre ses mains, s'étaient toujours tus.

Il y a un an, la dernière fois qu'elle enseignerait, Sœur Anne s'était réveillée le ventre noué. Un souvenir s'était emparé d'elle. Ou plutôt, le souvenir d'une angoisse, celle qui surgit lorsqu'elle saisit qu'elle n'est peut-être pas à sa place. Sœur Anne s'était habillée dans la douleur, avait fixé son voile et était descendue jusqu'à la chapelle. L'office, le déjeuner étaient passés. Un corps étranger grossissait en elle. De l'autre côté du couloir, les élèves l'attendaient. Agitées, elles avaient hurlé, lancé des boulettes de papier. Accueillie par un chaos insupportable, la religieuse avait claqué la porte. Mais aucune des élèves ne l'avait remarquée. Lentement, elle s'était dirigée vers l'estrade et avait posé sa mallette sur ce bureau de bois criblé de minuscules trous. Un meuble détruit par les vers.

Invisible, elle avait assisté à la débâcle de ces fleurs dont les pétales virevoltaient dans la salle. Sœur Anne n'avait pas eu la force de demander le silence. Que faisait-elle ici, à veiller sur une bande de sauvageonnes ? Elle avait vécu leur ardeur comme un affront, une moquerie. Aux vacances de la Toussaint, qui rejoindraient-elles, ces ingrates ? Leur famille, leurs amis, leur amoureux ? Et elle, petite religieuse, resterait ici.

Les doigts noués autour de son chapelet, elle avait attendu l'orage. Il grondait, il s'approchait. Sa prière ne l'étoufferait pas. Une élève s'était hissée sur l'un des pupitres, follement insouciante. Elle avait brandi sa liberté d'action comme un droit qui lui revenait de fait. La religieuse, jalouse, avait voulu l'étrangler. Au lieu de cela, elle s'était levée calmement, avait rangé sa chaise derrière son bureau, et l'avait giflée. En même temps, elle avait hurlé. Son cri, lui aussi, venait d'ailleurs.

*

Chère Jeanne,

Je ne pense pas que notre amitié aurait pu s'épanouir au-delà de ces murs. Ici, elle prospère, elle est absolue. Dehors, elle aurait été étouffée par le bruit. Bonne nuit, Jeanne.

*

C'est pour sa religieuse qu'elle joue. C'est pour ses yeux tristes. Dieu n'est jamais loin ; Il repose dans la chapelle, là où, ensemble, elles peuvent Le trouver et se rejoindre. Jeanne embrasse de ses bras le violoncelle comme elle voudrait étreindre Sœur Anne. Assise dans un coin de la chapelle, la religieuse adore leur prière mélodieuse, celle qui efface les mots. Ce qu'elles parviennent à se confier est prodigieux. Ainsi que des oiseaux en cages, elles désirent le ciel davantage que ceux qui connaissent la liberté. Elles s'éloignent d'un rivage invisible et découvrent des couleurs inconnues, des odeurs étrangères, des sons inédits. Jeanne montre que l'amour est irrésistible et qu'il est possible de le trouver dans son sourire.

« De toutes celles que je connais, admet la postulante, vous êtes la plus religieuse. »

Jeanne perd ses réflexes adolescents. Au contact de Sœur Anne, elle observe, de loin, les accrocs de la vie ; le danger de la monotonie et l'importance des événements qui la rompent. Gardienne de la religieuse, Jeanne la rejoint au pied de ce muret sur lequel elle s'assied, et la rassure par l'imperturbable simplicité de sa présence. Quelque chose, pourtant, est bel est bien cassé. Sœur Anne tourne en rond. Jeanne, quand elle le peut, lui fait découvrir de nouvelles clairières. Mais la religieuse les connaît toutes. Que lui reste-t-il donc à faire ? L'aimer. S'évader avec elle par la prière, l'appeler par un chant, lui tendre la main quand la nuit est trop dense.

Ni l'une ni l'autre ne réfléchissent à la nature de leur lien. Il est unique, et peut-être même d'un autre monde.

Il leur est si étranger qu'elles-mêmes en découvrent les règles à mesure qu'elles avancent. Sœur Anne n'avait jamais éprouvé quoi que ce soit, jusqu'ici. Jeanne, non plus. Elles sont « la première fois » de l'une et de l'autre, et cela a quelque chose d'imprévisible. Amantes qui ne connaissent pas la chair et sœurs qui ne partagent pas le même sang : que peuvent-elles faire de cela ? Elles se découvrent, chaque jour. Bientôt, Jeanne comprend qu'elles n'ont pas le même cœur. Le sien est capable de tout quand celui de Sœur Anne a été surpris par une douleur qu'elle croyait inexistante. La perte, la déception, l'horrible impression d'avoir été déplacée et rangée au mauvais endroit. De ne plus exister. Il y a des choses, craint Jeanne, que même l'amour ne peut soigner.

« Votre vie est si belle, ma Sœur, la console Jeanne. C'est son imperfection qui m'a tout appris. Vous pensez que je fais attention à ce qu'on dit de vous ? Que j'écoute celles qui me disent de me méfier ? Vous vous trompez. Je ne pense ni à elles, ni à vous. Je pense à Dieu et je sais que c'est lui qui vous a envoyée. La vie religieuse ne m'a jamais paru si claire et si désirable qu'en observant ce qu'elle a fait de vous. »

La religieuse hoche de la tête.

« Vous avez raison, car vous n'êtes pas comme moi. Vous ne deviendrez pas ce que je suis. Il pourrait vous arriver les pires malheurs, vous garderiez quand même votre sourire. Vous êtes née avec un cadeau, celui de voir le bonheur.

– Vous l'avez vu aussi. Vous le voyez avec moi, non ? Nous sommes heureuses ensemble, non ?

– Oui, vous m'offrez un peu de répit, un peu de lumière. Je me demande simplement s'il n'est pas trop tard.

– Trop tard pour quoi ?

– Pour que cela me fasse rester.

– Rester où ? »

Sœur Anne se lève. Les religieuses sont sorties, l'heure du coucher sonne.

« En fait, je me demande si nous ne nous condamnons pas l'une et l'autre. Je me demande si, peut-être, il y a un sacrifice à faire. Il y en a toujours un. »

*

Les religieuses ne possèdent rien. Et si elles venaient un jour à posséder quelque chose, sa confiscation leur rappelle que, en réalité, rien ne leur a jamais appartenu. En pénétrant dans sa chambre, Jeanne remarque la nudité de la table de chevet. Ces derniers mois, les lettres de la religieuse s'y sont empilées. À côté de sa lampe à franges grignotée par les mites, une montagne de mots que Jeanne n'avait pas eu le réflexe de cacher. Perplexe, la postulante contemple la petite table. Les lettres ont disparu. Et le vide que cela laisse crie la faute. Jeanne ne se soucie pas de savoir où elles sont passées ni qui les a prises. Elle demande pardon. À qui ? À Sœur Anne dont elle aurait dû mieux protéger les secrets. À Mère supérieure, à qui elle aurait dû rapporter ces confidences. À Dieu, à qui elle se remet, certaine que, désormais, il faudrait choisir : Sœur Anne ou la communauté.

L'indiscrétion dont elle a fait preuve la stupéfait. Il y a mille cachettes dans cette pièce. Il y a l'armoire, il y a le dessous du lit ou les poches de ses robes. Les chambres ne sont pas souvent visitées, chacune fait son propre ménage. Celle de Jeanne n'a pas de verrou, tout le monde peut y entrer. La postulante avait laissé en évidence la correspondance de Sœur Anne, où peut se lire un doute qu'elle souhaitait garder pour elle. L'imprudence de Jeanne n'est pas une trahison, elle est le signe de sa naïveté. Honteuse, la postulante cherche une dernière fois les lettres dérobées. Les minutes filent, le couloir est bientôt sombre. Elle n'ose pas rejoindre Sœur Anne, éteint la lumière pour ne pas se faire remarquer. En regardant par la fenêtre, Jeanne voit la religieuse assise sur le muret. Peut-être lui écrit-elle une nouvelle lettre.

*

« Vous n'avez pas le droit. »

Faiblement, Sœur Anne s'indigne. Les lettres, éparpillées sur le bureau de Mère supérieure, ont été dépliées. Plus tôt dans la journée, elles avaient été lues à voix haute devant Jeanne.

« C'est du vol », murmure la religieuse.

Sa révolte est craintive, étrange, oscillant entre une colère timide et une franche sidération.

« Ces lettres ne sont ni les vôtres ni les siennes, lâche Mère supérieure. Ce n'est pas du vol. Ce sont des correspondances délirantes et mièvres. Vous passez complètement à côté de votre mission. Pour qui vous

vous prenez ? Une mystique ? Vous n'êtes qu'une religieuse. »

Assise tout au fond de sa chaise, la fenêtre encadrant sa silhouette, Mère supérieure n'est plus qu'une ombre. Sœur Anne ne perçoit ni son expression ni son regard. Il n'y a que cette voix ferme et stricte. La religieuse est clouée au sol de cette pièce qu'elle connaît trop bien et dans laquelle elle s'était imaginé tant de fois disparaître.

« Vous croyez que vous aidez Jeanne en lui écrivant avec tant de sentimentalisme ? Vous pensez la guider ? Vous l'avez déformée, elle est traumatisée. C'est à peine si elle a réussi à parler de vous, ce matin ! »

Le ton est monté, devenu cruel. La sobriété tant louée par la communauté éclate, il n'y a plus qu'un immense sentiment de gâchis. Sœur Anne face à Mère supérieure, deux femmes qui, dans une autre vie peut-être, auraient été égales. Dans cette vie, l'une gronde et l'autre subit. La peur, pourtant, Sœur Anne ne la ressent pas. Le regret, non plus. Elle sourit et tend un visage joyeux aux réprimandes. Il n'y a que Jeanne et ses yeux. Son violoncelle, aussi. La religieuse jurerait entendre leur mélodie.

« Je ne sais pas quoi faire de vous. Je ne sais plus... », soupire Mère supérieure.

Sœur Anne tourne la tête et la regarde avec une assurance qui la fait frémir.

« Faites ce que vous voulez, ma Mère, répond-elle, imperturbable. Faites absolument ce que vous voulez. J'obéirai. »

*

«Je pense qu'il faut que vous changiez de tutrice. Sœur Anne est malade. Je vous avais demandé de faire attention, Jeanne.

– Je sais, ma Mère, pardon.

– Vous vous rendez compte de ce que vous lui avez fait ? Vous l'avez laissée repartir dans son monde de fantasmes, d'idées irréelles, de rêveries de petite fille. Nous venions enfin de la calmer. Elle avait enfin trouvé une forme d'équilibre. Elle est encore malade, à cause de vos enfantillages. »

Jeanne fourre les mains jusqu'au fond de ses poches. Dans l'une d'entre elles, il y a le chapelet de Sœur Anne. Le souvenir de leur Noël passé dans la chapelle vide lui effleure l'esprit, ces petites billes qui roulent entre ses doigts l'y ramènent. Les jolis yeux bleus de la religieuse la transpercent avant de disparaître.

«Jeanne, je ne sais pas si vous vous rendez tout à fait compte de la gravité de la situation. Sœur Anne est à peine capable de sortir de sa chambre. Nous avons tout essayé. Elle refuse tout, elle ne parle presque plus. »

La postulante fond en larmes et ses sanglots la dégoûtent.

« C'est ma faute, ma Mère. Pardon, pardon... »

Elle imagine la tristesse de Sœur Anne devant un nouvel abandon, une nouvelle trahison.

«Je voulais l'aider, ma Mère. Je voulais juste l'aider à sortir de ce cauchemar. »

La jeune femme cache son visage.

« Jeanne, c'est fini maintenant. Ça suffit. Sœur Thérèse vous accompagnera dans votre postulat et c'est tout. »

La culpabilité lui fait hocher la tête.

« J'aimerais juste la voir pour m'excuser, ma Mère, elle gémit.

– Elle sait que vous êtes désolée. Elle vous pardonne. Il faut que vous appreniez à vivre sans elle, maintenant. »

La postulante choisit de retrouver la communauté. Le soir, elle s'assied au premier rang et récite magnifiquement les Vêpres. C'est sa voix qu'on entend le plus. Sa voix pure, cristalline, égale, loin des vibrations de l'instrument à cordes qu'on a rangé dans une grande armoire. En entrant dans la chapelle, elle n'avait pas cherché Sœur Anne. Elle n'existe plus, il faudrait s'en convaincre.

La platitude de leurs chants magnifiques écrase tout soupçon d'humanité. Ce sont bien des anges qui chantent. Voiles et robes, croix et alliances. Des âmes que le moindre tressaillement déboussole. Des contemplatives qui savent ce qu'elles ont sacrifié quand arrive ce pincement dans leur poitrine. Se quitter, s'approcher de Dieu, c'est éprouver encore plus sa condition de créature. Elles aiment, ces femmes, sans jamais atteindre l'amour. Chaque jour, elles recommencent. Certaines partent, d'autres restent. Il y en a une qui demeure depuis trop longtemps entre deux mondes. Jeanne, secrètement, avait décidé de s'y promener avec elle, incertaine du rôle qu'elle aurait à jouer. Elle conduirait Sœur Anne, son guide, jusqu'à une forme de rédemption. Elle choisirait de rester auprès d'elle, ignorant la forme que prendrait sa délivrance. Jeanne la sauverait.

*

Il y a de nouveau, ce soir, leurs murmures clandestins. Camouflées par l'orage qui frappe le cloître nu de l'hiver, leurs prières s'entendent à peine. Elles chérissent ces instants volés. Jeanne, qui n'est là que depuis quelques mois, existe depuis toujours. Ses tâches au sein de la communauté se sont diversifiées. Il a été décidé qu'elle serait en charge de la chorale, professeur de musique et de catéchisme, surveillante du dortoir des élèves quatre nuits sur sept et peut-être, en temps voulu, infirmière. La place de Sœur Anne se réduit à mesure des prises de responsabilités de sa postulante. Elles se croisent, veillant à ne jamais manquer un seul de leurs rendez-vous. Sœur Anne l'observe chaque jour s'éloigner, happée par les nouveaux personnages de sa vie, et de plus en plus certaine que l'enfant serait heureuse. Sa vocation, merveilleuse et franche, avait réveillé quelque chose en elle. Un espoir fragile, la conviction d'être aimée et d'être habitée par quelque chose d'inespéré. La religieuse n'ose pas lui donner le nom de Dieu. Ce soir, pourtant, qui d'autre se cache derrière cette croix qu'elles adorent ? Le gouffre entre ce qu'était devenue sa vie et sa foi avait enflé. Jeanne lui avait montré les couleurs du ciel mais était-elle faite pour le voir d'ici ? La question était trop belle, elle l'avait notée dans une de ses lettres. La question, la vraie, était plus brutale : maintenant qu'elle avait retrouvé une forme de paix, quand serait-il temps de partir ?

Assise dans ce couloir, Sœur Anne voudrait ouvrir un dialogue avec sa postulante. Elle tourne la tête et préfère regarder ce profil sage, presque endormi par une longue et secrète conversation intérieure. Ses cils frémissent et ses mains s'accrochent aux perles de son chapelet. Elle paraît forte, inatteignable. À quoi pense-t-elle ? Quelles images voit-elle ? Ses cheveux, même dans l'ombre, scintillent à la lumière d'une discrète lampe de chevet. Voilà des milliers de mèches blondes qui flamboient. La religieuse les caresse, voudrait emporter leur odeur. Elle les frôle comme on frôle un départ, cet instant qui précède un « au revoir » et qu'on aimerait éternel. La religieuse agit comme celle qui sait que la fin est là et qu'au fond, ce n'est pas grave. Ce souvenir suffira.

La religieuse sait aussi que sa postulante souffre de son malheur. Il lui faut avancer. Simplement, il ne lui était jamais apparu que sa postulante poursuivrait son chemin sans elle. Jeanne lui a montré une autre voie, lui a promis son amitié et leur séparation. La liberté de l'une et de l'autre dépend de cet abandon. Il faudrait se quitter.

« Je sens parfois que vous vous éloignez », souffle Sœur Anne.

Les cheveux de Jeanne ont poussé. Elle est ravissante comme au premier jour. Ses joues sont creusées mais la religieuse y voit la vie. Elle imagine ses rides futures, celles qui témoigneraient que ce visage connut mille sourires. Son cœur se serre à l'idée de ne jamais les voir. Elle retiendrait sa jeunesse. C'est cet amour neuf qui l'avait éveillée. La vieillesse, Sœur Anne la connaissait déjà. Ce qui l'intéressait désormais, c'était de vivre. Parce qu'elle aimait Jeanne, elle vivrait donc. Avant que la mauvaise foi des langues de la communauté ne trahisse leurs véritables sentiments ou qu'une idiote corrompe leur attachement, Sœur Anne le savait, il faudrait décider. Le soleil s'est incliné, ces mèches blondes flamboient toujours et ce couloir est leur obscure grotte.

« Je vais partir, Jeanne. Je souris en disant cela car il n'y a rien qui me rende plus heureuse que de renoncer à vous et de vous laisser en paix. »

La religieuse pleure, le visage de sa postulante a trouvé son buste. Plus jamais elle ne lui parlerait ainsi. Voilà l'instant du départ. C'était un moment béni dans lequel se serait glissé un baiser.

*

Assise sur le muret, la religieuse contemple le ciel du petit matin. Il est rose et elle l'accueille comme un vieil ami. Qu'emporterait-elle dans sa valise ? Elle aurait voulu garder les rires des élèves, l'odeur de la chapelle, les ombres du cloître, le frémissement de la fontaine, le sourire de Sœur Marie-Lise, la sonnerie de la conciergerie, la musique de Jeanne. Naturellement, les rares biens matériels qu'elle détient ne lui traversent pas l'esprit. Les souvenirs de ceux qu'elle allait rejoindre remontent à la surface.

*

Chaque soir, Jeanne constate avec soulagement qu'elle n'est pas partie. Sœur Anne est là, tout près. Elle est malade, c'est tout. Mère supérieure le lui a dit : « Il faut qu'elle se repose. » Un trait de lumière brille dans le noir. Derrière la porte de sa chambre, Jeanne sait que la religieuse a allumé sa petite lampe, en attendant que l'orage passe.

Le jour, la postulante lui apporte son dîner, le dépose sur un plateau, devant cette chambre qu'on lui a interdit de pénétrer. Elle frappe doucement, glisse une lettre sous l'assiette et s'éloigne. De retour dans sa chambre, Jeanne rédige une nouvelle lettre qui, comme la précédente, ne sera pas bien longue. Quand elle entend un bruit, elle s'interrompt et plaque son oreille contre le plancher pour entendre la religieuse. Il suffirait d'un cri pour qu'elle vienne. Mais le plus souvent, c'est le silence qu'elle écoute. Une absence de mouvements et de couleurs, l'impossibilité d'imaginer ce que Sœur Anne fait. Alors, Jeanne se la figure endormie et cette pensée la rassure. Car « il faut qu'elle se repose ». Chaque matin, elle retourne devant la chambre de la religieuse et constate l'assiette, rarement vide, et le verre, à moitié bu. La lettre, elle, disparaît toujours.

La journée, Jeanne oublie ce petit bout de lumière qui l'attend de l'autre côté de la chambre et adopte pleinement la vie communautaire. Elle devient ce qu'elle est, au fond : une postulante heureuse d'avoir trouvé une place. Elle est rarement seule dans une pièce et jamais ne se promène dans les bois. Elle ne fait que ce qui est utile, ne s'accorde pas la moindre oisiveté. L'idée de Dieu, qu'elle recueillait autrefois dans le reflet du ciel sur le lac, elle l'éprouve cloîtrée. Ce n'est pas du vide qu'elle ressent mais un détachement. S'opère alors un effacement naturel de sa personne. Jeanne est une autre. S'approcher de Dieu est, pour elle, d'une facilité miraculeuse. Son épreuve, s'il devait y en avoir une, ne serait pas pour tout de suite. Aussi suffit-il de la regarder pour savoir qu'elle ne connaîtrait pas le doute. Elle éprouverait tout au plus une forme d'incompréhension. Mais la plus grande des tragédies n'aurait aucune emprise sur elle. Jeanne est une fleur qu'on ne déloge pas. Le soir, elle écrit à Sœur Anne. Le matin, elle naît en ayant presque oublié ce méfait. Sa simplicité ne s'inquiète pas de ce dédoublement. La religieuse, elle, en aurait été malade. Le fait d'être imparfaite est, pour elle, un péché qu'on ne pardonne pas.

*

Ma Sœur,

Ma lettre sera courte encore une fois. J'aimerais vous écrire toute la nuit mais j'ai les yeux qui se ferment. Dites-vous que je prie pour vous. Je vous parle en empruntant la voix de Dieu, s'Il le veut bien. Je Lui confie votre peine car le mystère qu'Il a déposé en votre cœur me dépasse. C'est un grand mystère que je ne dois pas chercher à posséder. Je vous aime mal. Les hommes s'aiment si mal. Je demande donc à Dieu de vous montrer à quel point Son amour est, lui, parfait. Bonne nuit,

Jeanne

*

Ma Sœur,

J'espère un jour vous voir assise dans la chapelle. Les offices et les chants, sans votre voix, sont incomplets. Si Dieu le veut, nous jouerons à nouveau un air de musique. Cela fait trois semaines que vous vous reposez. J'ai pourtant l'impression que cela fait une éternité. Vous êtes aimée, ma Sœur. Dormez bien,

Jeanne

*

Ma Sœur,

Je crains ne pas vous avoir toujours comprise et je vous espère en meilleure forme que la dernière fois que nous nous sommes vues, il y a longtemps déjà. Je me sens parfois un peu bête de ne pas vous avoir posé de questions quand nous nous parlions encore. Ma consolation est que le bon Dieu seul sait ce qu'il y a au fond de vous. Je prie que vous ne voyiez pas qu'un abandon de ma part ou de notre part à toutes, ici. Mère supérieure dit qu'il vous faut retrouver Dieu, seule. Peut-être que c'est vrai. Elle doit avoir raison. Peut-être qu'un amour humain défectueux, incomplet, ne nous permet pas d'être transparentes face à Son Amour. C'est vous qui me l'aviez un jour dit : nous devrions davantage aimer une rose qu'un homme. J'espère que, de votre fenêtre, vous parviendrez à imaginer celle qui poussera au fond du jardin. Bonne nuit,

Jeanne

*

Ma Sœur,

Ce soir encore, je prie pour vous dans le plus grand des silences et avec la plus grande ferveur. Vous me lisez. Peut-être avez-vous peur de ne pas voir d'autres choses que des mots mais vous êtes dans ma prière. Voyez derrière le sourire de Dieu, le mien. Oh, comme je prie imparfaitement pour vous mais avec tant de sincérité. Je suis une bougie qui, lentement, se consume en espérant éclairer votre route. Bonne nuit,

Jeanne

*

Ma Sœur,

Connaissez-vous, en ce moment, le même silence que moi ? Je parle du silence mélodieux que produisent une abeille ou le vent. Je me suis promenée dans le cloître et dans le jardin, aujourd'hui. J'avais l'impression de déranger un long soupir.

Mes pas faisaient trop de bruit. J'ai fermé les yeux et j'ai voulu disparaître, m'insérer dans cette partition du monde. Je suis certaine d'avoir entendu un arbre pousser. Je rends grâce à Dieu de me permettre d'éprouver une telle paix. J'aurais voulu que vous soyez là. Bonne nuit,

Jeanne

*

Ma Sœur,

Aujourd'hui, j'ai sorti mon violoncelle et j'ai joué. M'avez-vous entendue ? Vous étiez avec moi, c'est certain. Est-ce pour vous retrouver dans une mélodie que Dieu nous a permis de créer tant de souvenirs dans la chapelle ? Je me le demande. Bonne nuit,

Jeanne

*

Elle ne reçoit jamais de réponse mais Jeanne sait que la religieuse la lit. La lumière, ce trait de clarté, est toujours là. La porte reste fermée mais de l'autre côté, c'est certain, Sœur Anne attend la prochaine lettre. Le temps commence à effacer son odeur, ses traits, sa voix : Jeanne l'oublie. Quand la religieuse surgit dans ses rêves, c'est un visage incertain, un brouillon, qu'elle voit. Le bleu de ses yeux éclate, elle s'y perd. Elle se perd dans cet océan qui n'a pas de fond et qu'elle a cherché à calmer. Elle se demande si la religieuse n'est pas née dans les profondeurs de ces eaux opaques. Elle se demande si la religieuse n'est pas venue au monde noyée. Et si, au fond, Sœur Anne était faite pour s'égarer. Si tel était le cas, la vie conventuelle n'était pas la cause de son malheur. Elle est née ainsi. C'est, en tout cas, ce que la communauté, celles qui lui en parlaient en tout cas, pense. « Sœur Anne est malade. Elle a toujours été malade. »

Le regard neuf de Jeanne n'avait pourtant pas perçu cela. Jeanne avait vu, en l'océan déchaîné des yeux de la religieuse, la fougue d'une femme dont le besoin d'être aimée était immense. Trop immense, peut-être. Mais en quoi cela était-il condamnable ? Jeanne s'interroge. Que ressent-on lorsque, un matin, le monde a un autre goût ? Lorsqu'on sait que ce réveil, celui-là maintenant, est radicalement différent des précédents ? À quoi ressemble une existence qui meurt ? Quelle est la nature de ce sursaut qui s'empare du corps juste avant qu'il s'endorme ?

Sœur Anne avait dû se sentir seule. Tout avait dû paraître corrompu. Se réfugier dans quelques notes ou dans les bras du ciel en se promenant des heures durant : ces gestes étaient désespérés mais la preuve d'un espoir encore plus fort. La religieuse vivrait, avec ou sans l'habit. Elle ne s'était pas égarée car elle avait Jeanne. À deux, on n'est jamais vraiment perdu.

*

Ma Sœur,

Vous me manquez beaucoup. Voyagez-vous dans votre chambre ? Que voyez-vous ? Je sais que vous êtes loin, qu'un rien vous suffit pour parler aux anges. Bonne nuit,

Jeanne

*

Comme ils sont fiers d'elle, leur Jeanne, dans sa robe et son chemisier. Ses parents, des gens simples comme on espère en croiser, se tiennent dans le parloir. Après six mois de séparation, ils retrouvent leur petite fille, jolie comme un cœur. « Maman » et « papa » viennent de loin, ont fait de la route, ont vu des paysages que l'absence de vacances ne leur avait pas fait découvrir. Aux religieuses du couvent, ils ont apporté des pots de confiture. À Jeanne, ils offrent leurs bras.

« Tu te plais ici ? demande son père.

– Oui, papa. Je vais très bien, on s'occupe bien de moi. Je vais être professeur de musique bientôt. Et je donne des cours de catéchisme. »

Jeanne ressemble à sa mère : elle a ce même désir de sauver ceux que l'on n'aime pas assez. La jeune femme les entraîne joyeusement dans le jardin et jusque dans le cloître, leur fait visiter les lieux, du réfectoire à la chapelle. Timides, ils découvrent cet endroit qui ressemble à leur propre maison. Sans cesse, ils établissent des comparaisons, les liens qui unissent ce lieu à celui de l'enfance de Jeanne. « Il ressemble au chêne du jardin, tu ne trouves pas ? » Son père inspecte l'état du couvent, commente, coche les cases d'un document imaginaire qui certifierait que, oui, cette vie est convenable.

Cet après-midi, Jeanne leur jouerait un air au violoncelle. Et son violoncelle, ils le jureraient trop grand pour la jeune femme que leur souvenir aura transformée en petite fille. Quand, pour la première fois, elle avait enroulé ses bras autour d'un manche et quatre cordes inconnues. Et qu'elle avait souri, puis ri, après avoir fait une fausse note. Ils se rappelleraient les leçons chez cette gentille dame en bas de la rue. Ils se souviendraient de ces Noël où Jeanne avait joué pour sa grand-mère. Cet après-midi, ils lui diraient « à bientôt » et s'en iraient, ravis de savoir que leur fille était heureuse parmi les sœurs, les fleurs et les colombes.

*

Ma Sœur,

En chantant l'hymne des Vêpres ce soir, j'ai pensé à vous. Il y a une phrase que je crois écrite pour vous. « Garde ma foi, Seigneur. Tant de voix proclament ta mort ! Quand vient le soir, et le poids du jour, Ô Seigneur, reste avec moi. » Ma Sœur, comme votre besoin d'amour est grand ! Vous avez, je le sais, peur de la grande épreuve intérieure qui, depuis tant d'années, vous fatigue. Vous croyez votre foi disparue et pourtant, je l'ai vue tant de fois. Devant l'absurde, vous n'avez pas renoncé à croire. Et dans l'ordinaire, vous avez découvert des merveilles.

J'aurais voulu vous écrire ceci plus tôt : votre fragilité, que vous détestez tant, m'a fait comprendre la crainte que nous devons avoir en avançant vers Dieu. Nous devons Le craindre car nous sommes désespérément grossiers, violents, indélicats dans nos gestes et notre pensée. Rien de ce que nous sommes ne devrait nous faire croire que nous méritons Son amour. Pourtant, le Christ n'aime rien tant que les âmes échouées qui le cherchent. C'est leur foi, leur toute petite foi cabossée, qu'Il affectionne. Pourquoi seriez-vous une exception ?

Vous êtes comme nous tous, ma Sœur. Vous échouez continuellement. Craignez donc mais ayez confiance. Remettez votre barque à l'eau, dressez votre voile et voguez. Voguez jusqu'à l'infini. Je ne serai jamais loin. Bonne nuit,

Jeanne

*

Elle aurait la robe mais pas le voile. Pas encore. Jeanne commencerait son noviciat dans quelques jours. Revêtue de l'habit religieux, revêtue du Christ, elle attendrait encore deux ans avant de prononcer ses vœux temporaires. Le printemps, qu'elle aurait voulu découvrir avec Sœur Anne, est là. Jeanne est heureuse. Il y a des jours où elle glisse une fleur sous la porte de sa religieuse, toujours enfermée. Ou la feuille du cerisier sous lequel elle aimait tant s'asseoir. Jeanne a cessé de lui écrire ou de chercher à l'écouter à travers la porte. La religieuse a besoin d'un temps d'extrême solitude, se dit-elle. Craignant d'interrompre sa « traversée du désert », ainsi que la surnomme Mère supérieure, Jeanne l'attendrait.

Ce dimanche après-midi, les élèves sont rentrées chez elles. La communauté a décidé de profiter du lac. Un groupe de religieuses joue au badminton tandis que l'autre coud. Mère supérieure trempe ses pieds dans l'eau. À ses côtés, Jeanne dénoyaute les cerises cueillies le matin même.

« Vous avez discuté avec le Père Martin ?

– Oui, hier, ma Mère.

– Alors, que pense-t-il de votre parcours ?

– Il est satisfait. Il m'a dit que j'avais mûri mon appel, qu'il croyait mon discernement sain.

– Je le pense aussi. »

Un éclat de rire interrompt leur discussion. Le volant a atterri dans le lac, Sœur Jean-Marie, le ventre à terre, la moitié du corps penché au-dessus de l'eau, tend le bras et pousse un cri d'effort, ses doigts touchant à peine les plumes qui flottent et qui, déjà, s'éloignent.

« Avez-vous peur de finir comme elle ? l'interroge Mère supérieure. Vous avez peur d'être malade comme Sœur Anne ? »

Jeanne n'avait pas entendu son nom depuis longtemps.

« Non, ma Mère. Si je dois tomber malade, je sais que Dieu sera à mes côtés et que je ne devrai pas avoir peur. »

Mère supérieure est ailleurs, hésitante, elle dont on retenait la fermeté et la constance.

« Pensez-vous que Sœur Anne a peur, là, maintenant ? »

La question est étrange, Mère supérieure est inquiète. Jeanne la toise, effrayée à l'idée de voir les fondations de la communauté trembler. Mère supérieure est l'épaule sur laquelle toutes s'épanchent. Elle n'a pas le droit de douter. Du moins, elle ne peut pas le montrer.

« Je ne sais pas si elle a peur. Vous ne lui parlez pas, ma Mère ? »

Elle ne répond pas.

« Ma Mère, Sœur Anne va bien ? »

Jeanne s'impatiente, se force à contenir une furieuse envie de hurler.

« Ma Mère...

– Je crois que... Je me demande si je ne me suis pas trompée. »

L'aveu est chargé d'une immense tristesse. Le regret a un goût amer. Elle a échoué.

« C'est une grande défaite de ne pas avoir su l'accompagner, lâche Mère supérieure. J'espérais qu'elle pourrait, en s'occupant de vous, trouver sa place. »

Elle avait été naïve, elle le savait. Elle ne le dirait jamais à Jeanne, mais déclarer Sœur Anne « malade » avait été, plus que de la bêtise, de la lâcheté. En la déclarant souffrante, en le murmurant dans toutes les petites oreilles du couvent, Mère supérieure avait assuré son emprise sur la religieuse. La malade aurait toujours tort, et celle qui chercherait à la soigner, toujours raison. Mère supérieure avait enfoui le malheur profond et la douleur inouïe de Sœur Anne sous une montagne de mensonges. Le mot « dépression » avait été évoqué, mais aussi « instable », « extravagance » et « comédie ». À l'évocation du nom de Sœur Anne, Mère supérieure avait chaque fois adopté un regard triste et désemparé. En réalité, c'est elle qui avait joué la comédie. C'est sur son visage qu'on avait lu le désespoir et la fausse humilité de celle qui, bien qu'infiniment charitable, n'avait « rien pu faire ».

Et maintenant ? Maintenant, l'absence de Sœur Anne laisse place à la réflexion. Il n'est plus nécessaire de jouer un rôle. Sœur Anne n'est plus là, c'est tout. C'est à Dieu que Mère supérieure doit désormais rendre des comptes. Il est miséricordieux, se rassure-t-elle. Il console. Mais c'est elle qui doit vivre sa faiblesse.

« J'aurais dû l'accompagner. Vous souvenez-vous de la dernière fois qu'elle a souri ? Je ne peux même plus me l'imaginer... Était-elle faite pour cette vie, Jeanne ? Sans doute pas. Mais j'aurais dû l'accompagner. On marche aux côtés d'une religieuse jusqu'au bout. Jusqu'à son départ, s'il le faut. »

Elle en parle au passé. La religieuse disparaît pour de bon. Devant la brutalité du regard et des mots de Mère supérieure, Jeanne se mure dans un épais silence, de ceux qui s'imposent lorsqu'une chose est faite. Un silence où vont se terrer ceux qui se sont résignés au sort, songeant à tous ces instants qu'ils auraient pu sauver.

*

Pour la première fois depuis des semaines, sa porte est ouverte. Jeanne aimerait y croire. Sœur Anne l'attend, assise à son bureau ou debout près de la fenêtre. Sa religieuse admire le cerisier fleuri du mois de mai. Sa religieuse rêvasse. Jeanne s'approche et pénètre dans la chambre, accueillie par une absence qu'elle soupçonnait depuis longtemps.

La pièce est la même mais elle a changé. Elle est plus lumineuse. Une autre l'habite. Sœur Anne est partie. Sur le bureau reposent encore sa robe noire et son voile. Son alliance d'or et sa croix disposées sur l'habit, à l'endroit du cœur. Jeanne caresse l'alliance, frôle le tissu puis y plonge le visage pour la retenir. Sa joue contre le buste de ce corps vide, la postulante n'a jamais été si proche de sa religieuse, de son unique odeur de savon noir aux parfums d'automne.

Sœur Anne l'avait prévenue. « Je vais partir. » Jeanne sent un picotement aigu, l'annonce d'un manque. Ce départ, elle le sait, serait sa première grande blessure. Le sel irrite ses yeux. Jeanne les ferme et se souvient du regard de Sœur Anne. De ce bleu si singulier. Elle embrasse la robe et la quitte.

« Jeanne ? »

Une petite dame se tient derrière elle. Sœur Irène, la discrète religieuse que la postulante croise tous les jours dans la cuisine. Ses yeux pétillent.

« Pardon, Jeanne... »

Elle lui tend une pile de lettres. La postulante reconnaît son écriture. Affolée, elle murmure :

« Ma Sœur, je voulais simplement l'aider. »

Mais la petite religieuse le savait déjà. Elle ne dirait rien. Elle avait accepté d'obéir à Mère supérieure, d'occuper cette chambre le temps que Jeanne s'habitue à l'absence de Sœur Anne. Elle avait lu les lettres de la postulante et avait décidé de garder le secret. Mère supérieure n'en saurait rien.

« Celle-ci est pour vous. »

La lettre, datée du 14 janvier, porte la signature de Sœur Anne. La religieuse a quitté le couvent depuis des mois. Jeanne s'est adressée à une absente.

« Je ne l'ai pas lue, précise Sœur Irène. Peut-être ne devriez-vous pas non plus. »

Le cloître est calme. Jeanne scrute un ciel nouveau. La nuit l'a vieillie. Elle a oublié son nom. Elle a oublié la lettre. Inconsolable, elle a tout oublié.

*

« Mais qu'est-ce qu'elles font ? Mes Sœurs, vous êtes sûres qu'elles nous suivent ? s'inquiète-t-elle.

– Sœur Marie-Blandine, si on vous dit qu'on voit leur voiture derrière, c'est qu'elles nous suivent, non ? »

C'est la troisième fois qu'elle emprunte les rues étriquées, les boulevards bondés et les avenues insensées de la capitale. Ses mains crispées autour du volant, Sœur Marie-Blandine vire à droite, pivote à gauche, scrute son rétroviseur, accélère et décélère, avant de piler au pire moment, recevant alors une salve de reproches et de coups de klaxons.

« C'est infernal. On est encore loin ? peste-t-elle.

– Franchement ? Oui », répond l'une des religieuses à l'arrière.

Il avait été convenu que, ce week-end, la communauté entière irait découvrir les lieux de ses origines. Il y a quatre siècles, dans l'une des ruelles du vieux Paris, un prêtre et une veuve décidèrent de venir en aide aux misérables. Prostituées, orphelins, mendiants... Tous furent reçus dans la maison de cette dame dont l'époux avait fini par se tuer à force de boire. Elle leur enseigna la parole de Dieu mais aussi le latin, la poésie grecque et les légendes romaines. Le prêtre arpenta les recoins les plus déplorables de la ville à la recherche d'âmes égarées et dit la messe, chaque jour. La réputation de cette bienheureuse maison attira des jeunes femmes qui décidèrent de consacrer leur vie à Dieu en espérant délivrer les pauvres corps qu'elles récupéraient de l'infamie. La misère eut alors un refuge, un établissement auquel on ajouta une chapelle, connu sous le nom de l'Institut des Filles de la Charité et de la

Pauvreté. Une congrégation prit forme. Des filles recueillies, on en fit d'obéissantes religieuses, modestes et dévouées. Elles furent d'abord dix, puis vingt, puis trente. Trop nombreuses, il n'y eut plus assez de lits pour les accueillir.

Il fut alors décidé par l'archevêque de Paris que les plus ferventes se rendraient dans les campagnes françaises afin de créer de nouvelles congrégations, de susciter d'autres vocations, et d'accueillir les miséreux d'ailleurs. La veuve, leur fondatrice, supervisa l'entreprise depuis la capitale. Sa vie durant, elle frappa aux portes des plus opulents en espérant leur générosité. Car l'institution ne vivait de rien. Les archives se souviennent du nom de la veuve, Blandine Gaumont. En 1658, les Filles de la Charité et de la Pauvreté se trouvaient aux quatre coins de la France. Le 26 juillet 1659, Blandine sentit Dieu s'approcher. Elle comprit qu'il était bientôt l'heure de partir. Elle voulut mourir dans les bras de ses filles qui veillèrent à ses côtés jusqu'à la dernière heure. Le Père Leduc lui administra l'Extrême-Onction et elle rendit son ultime soupir.

Jeanne décida de lui rendre hommage et prit le nom de Sœur Marie-Blandine.

*

La joyeuse troupe religieuse se met en route. Le bruit les surprend, les sonnettes de vélos et le tapage des motos qui serpentent entre les passants de cette rue piétonne les effraient.

« Pourvu que nous arrivions vite, marmonne l'une des sœurs.

– Dites-vous qu'à l'époque, il n'y avait que de la boue. Votre robe aurait été crottée ! » rétorque sa voisine.

Sœur Marie-Blandine a pris le bras de Mère supérieure, affaiblie par le voyage.

« Vous êtes pâle, ma Mère.

– Il faut que je boive un peu, j'ai la bouche toute sèche.

– On arrive. »

L'édifice d'origine est toujours debout. Il a connu de nombreux occupants depuis sa création. Les bourgeois du XVIIIe siècle, les révolutionnaires du XIXe siècle et, enfin, les Dominicains jusqu'en 1948. Les moines avaient fini par transformer l'établissement en école catholique. Sœur Marie-Blandine entend les rires de jeunes enfants. C'est la concierge qui accueille les religieuses. « Madame la Directrice va venir vous chercher. Suivez-moi. » Elle les guide jusque dans une immense salle décorée de portraits de saint Vincent de Paul et de la Vierge à l'Enfant. Les sièges de velours craquent sous le poids des religieuses qui s'assoient, épuisées par ce raffut si inhabituel. La cour de récréation est en face, les ballons rebondissent contre les vitres, les portemanteaux sont tous occupés, les sacs colorés traînent partout. Le temps est long et une partie de la communauté a faim.

« Il y a une boulangerie pas loin », indique la concierge. Mère supérieure se tourne vers Sœur Marie-Blandine :

« Ma Sœur, ayez pitié de nos ventres et allez chercher quelques sandwichs. »

*

Devant elle, une file de costumes et de lycéens attendent. Sœur Marie-Blandine compte le nombre de sandwichs qu'il reste. Il faudra partager, se dit-elle. Son voile attire les regards. Certains la saluent quand d'autres l'interrogent. Elle répond donc, raconte ce qu'elle est, d'où elle vient, et attend d'être à la caisse pour passer sa commande.

Quelques enfants lorgnent sur les sucettes immenses et s'écrient : « Elles ne sont qu'à un euro ! » Quelle bonne affaire ! Peu de parents, cependant, se laissent convaincre. Une petite fille bute dans les jambes de Sœur Marie-Blandine, lâche un timide « pardon » et avance jusqu'aux bonbons. Elle a l'air de les compter, ses lèvres bougent discrètement. De petites boucles brunes tombent sur ses épaules frêles. Sœur Marie-Blandine l'observe, éprouve une soudaine affection pour l'enfant.

« Ce n'est pas très bon pour tes dents », lui souffle-t-elle.

La fillette se retourne, surprise.

« Tu as de très beaux yeux, poursuit la religieuse.

– Merci, madame. » Indifférente, elle revient à ses bonbons et chante un air familier, l'air d'un rêve très ancien.

« Tu as aussi une très belle voix », ajoute Sœur Marie-Blandine.

L'enfant sautille jusqu'à sa mère, arrivée à la caisse.

« Une baguette, s'il vous plaît. Et un pain au chocolat, aussi. »

Cette voix la fait frémir.

Sœur Marie-Blandine ne les voit pas, mais ce sont bien ses yeux. C'est son visage, c'est son cou, ce sont ses épaules. La petite fille s'accroche à la manche de sa mère, trépignant d'impatience à l'approche d'une viennoiserie qui tarde à venir. Elle lui ressemble tant. Cachée, Sœur Marie-Blandine contemple un souvenir. La nuit bleue, le jour bleu, les larmes bleues, le sourire bleu... depuis son départ et cet adieu qu'elle lui a volé, toutes les teintes du ciel évoquent le regard de Sœur Anne. Sa postulante n'a jamais oublié la folie de ces yeux de tristesse et d'ardeur, ces yeux qui portent une histoire, ces yeux dans lesquels elle avait lu tant d'amour et tant de questions inassouvies. Les yeux d'une femme qui s'était empêchée de vivre et qui, ce matin, tient au bout de ses doigts un ange aux boucles brunes.

Tout est là, rien n'a disparu. Les notes qu'autrefois Jeanne offrait, et que Sœur Anne murmurait, font aujourd'hui danser une jolie petite fille. Émerveillée, Jeanne ne se souvient que du beau. Leurs promenades matinales et leurs silences d'or. À l'ombre d'un cerisier ou au bord du lac. Leurs flâneries dans les bois, à la recherche d'un grand mystère. Les minutes, précieuses et grandioses, durant lesquelles une amitié singulière a vu le jour. Leurs Vêpres chuchotées et la nuit.

« Ma Sœur ? »

Chère Jeanne,

Ceci est ma dernière lettre. Je vous ai quittée ce soir et vous pleuriez. Sachez, trésor, que vous êtes la seule que j'emporte avec moi.

À quoi ressemble une lettre d'amour ? Sa rédaction requerrait-elle un nombre infini de pages ? Combien d'images, de combinaisons de mots savants, de déclarations romantiques faudrait-il pour vous confier ma plus grande confidence ? Je crois qu'en réalité, je vous écris cette lettre depuis la première. Vous savez déjà que je vous aime infiniment. Alors, ce soir, je me le demande : que me reste-t-il à vous dire ?

Je ne connais de l'amitié rien d'autre que celle que vous m'avez offerte, ici, dans l'enfermement. Est-elle, dans le « vrai monde » aussi, épiphanique ? Se rapproche-t-elle autant, là-bas, du sentiment amoureux ? Les délicates et subtiles nuances de l'affect m'échappent, je suis comme un enfant qui aime entièrement et qui, à mesure qu'il ordonne le chaos du monde, constitue un tableau catégorique de l'amour. Votre nom apparaît dans chacune des colonnes. Il faut donc croire que c'est mon cœur, mon cœur tout entier, que vous habitez.

Je n'ai pas connu le coup de foudre, ce rapt dont tous les livres parlent. Vous êtes venue sur la pointe des pieds me rendre visite. Votre apparition a été, pour moi, une chose à la fois attendue et surprenante. Sans doute est-ce ce qui définit la « rencontre » : je ne vous connaissais pas mais vous m'aviez manqué.

Ma vie religieuse m'a appris ceci : aimer ne revient pas à voler la vie de l'autre. La vôtre, et je l'ai su dès le début, est ici. Si je reste, que deviendrez-vous ? Je n'ai pas le droit de vous ôter un bonheur certain. Dieu vous réclame. Vous êtes à Lui et j'espère vous avoir guidée jusque dans Ses bras. Vous ne pouvez appartenir à deux personnes en même temps. Aujourd'hui, vous peinez à prendre une décision. Je choisis donc pour vous.

Je ne veux pas retourner à ma vie d'avant, celle où vous n'existiez pas. Alors, je préfère poursuivre mon chemin, espérer vous rencontrer à nouveau. J'aurai sans doute besoin de ce sourire que vous avez et dans lequel j'aperçois un bonheur mystérieux. Il est si difficile de croire en Dieu à mesure que les années passent. Il y a des nuits, je vous l'assure, où l'on hurle que tout est un mensonge. Il m'a suffi de vous écouter pour savoir que je faisais erreur. J'aurais voulu rester auprès de vous jusqu'à la mort pour attraper un peu de votre lumière. Vous avez été assez généreuse pour la transformer en musique. Vous m'avez offert une mélodie que je n'oublierai pas. Je vous y retrouverai. Je vous attendrai.

À bientôt, trésor.

Sœur Anne

Remerciements

Merci à ma famille, vous êtes un trésor.

À ma professeure de français, pour son écoute précieuse.

À Alice, merveilleuse relectrice.

À celle dont je suis la « Petite Sœur ».

À mes amis dont je retiens la tendresse.

Merci, profondément, à mon éditrice Céline Thoulouze.

Pour en savoir plus
sur les Éditions Plon
(catalogue, auteurs, vidéos, actualités...),
vous pouvez consulter
www.plon.fr
www.lisez.com

lisez!

et nous suivre sur les réseaux sociaux

Editions Plon
@EditionsPlon
@editionsplon

MIXTE
Papier issu de
sources responsables
FSC® C003309

L'éditeur de cet ouvrage s'engage dans une démarche
de certification FSC® qui contribue à la préservation
des forêts pour les générations futures.

Pour en savoir plus :
www.editis.com/engagement-rse/

Achevé d'imprimer en avril 2021
dans les ateliers de Normandie Roto Impression s.a.s.
61250 Lonrai
N° d'impression : 2101879

Imprimer en France